王と王子の甘くないα婚

小中大豆

幻冬舎ルチル文庫

CONTENTS ✦目次✦

王と王子の甘くないα婚

✦イラスト・三廼

✦カバーデザイン＝久保宏夏（omochi design）

✦ブックデザイン＝まるか工房

王と王子の甘くないα婚

月曜日の午前中、若公士貴《わこうしき》はいつものように友人のマンションから大学へ向かう。日曜の夜から泊めてくれる友人が何人かいて、今日は大学の一番近くに住む友人宅だったので、いくらかゆっくりできた。

「じゃあ俺、行くから。また連絡する」

ベッドに眠る友人に声をかけると、綺麗な顔の青年が毛布の端から顔を出し、「ほんとに行くの?」と不貞腐《ふてくさ》れた声を出した。

「僕、だるいのに。そろそろ発情期かも」

士貴は笑ってベッドに引き返し、友人の唇にキスをした。それから首筋に鼻先を寄せる。友人がくすぐったそうに笑った。思ったとおり、そこには何の匂《にお》いもしなかった。

「匂いがしないから、まだ発情期じゃない。風邪《かぜ》じゃないか。もしくはヤリすぎだな」

「誰のせいだよ」

ぺしっと軽く腕を叩かれた。大して痛くなかったが、痛いと顔をしかめて笑う。それからなだめるようにまたキスをする。

「ごめん。ミヤが可愛かったから」

「バカ」

士貴の甘い言葉に、目元を赤くして睨《にら》むミヤは、年上だけど可愛い。とはいえ、ミヤも本気で士貴を引き止めているわけではなかった。

「士貴。もう一回、よく顔見せて」

一通り、儀式みたいなじゃれ合いが済むと、ミヤは両手で士貴の顔を挟み、まじまじと見つめた。

「うーん、今日も朝からいい男。昨日の絶倫野郎と同一人物とは思えない、爽やか王子だね」

褒めてるのか馬鹿にしているのかわからない口ぶりに、苦笑する。とはいえもう時間だ。

「はいはい。また連絡する」

「うん。あ、でも、そろそろマジで発情期かも。下っ腹が疼《うず》くから」

「了解。終わるまでここには来ないよ。けど、なんか差し入れ必要だったら連絡してくれ。玄関に置き配しとく」

「サンキュ」

最後は互いにサバサバした調子で言葉を交わし、士貴は今度こそミヤのマンションを出た。

暦の上では秋だというのに、今日も朝からよく晴れて暑い。陽射《ひざ》しの強さに目を細めながら、歩いて大学へ向かう。

今週末は、別の友人宅をあたらなくてはならない。忘れないよう、頭の奥にしっかりインプットする。

決して、住む場所に困っているわけではない。士貴は実家住まいで、その実家は都内の高級住宅地にある。実家から大学までは、電車で三十分くらいだ。じゅうぶんに通学圏内である。

ただ、あまり家に帰りたくないだけだ。

(今日はさすがに、帰らないとまずいか)

金曜の夜から家を空けている。いちおう、母の携帯に毎日メールで連絡を入れているし、父からも大学卒業までは、問題を起こさない程度に好きにしていいと言われた。

(まあ、期待されてないからだろうけど)

ひねくれたことを胸の内で考えて、慌てて振り払う。

家族のことでウジウジしてしまいがちな自分を、士貴は昔から恥じていた。

別に、家族から虐待されているわけではないし、じゅうぶんすぎるくらい恵まれていて、むしろ人が羨《うらや》むほどだ。

家は大企業の創業家だ。若公グループといえば、子供でも知っている。父はメイン企業の三代目社長である。母は資産家の娘で、閣僚経験のある政治家の妹でもあった。

士貴はお小遣いどころか、すでに両親に加え双方の祖父母から、少なくない財産を分与されている。節税対策らしいが。

卒業後は父親の関連会社に就職が決まっていて、就職活動の心配もない。

頭だって悪くない。がむしゃらに勉強しなくても名門私大に現役で合格して、今も大して努力はしていないが、成績は良く、スポーツも得意だ。

頑健な身体《からだ》に産んでもらって、顔は面食いのミヤが気に入るくらい整っている。

士貴を王子と呼ぶのはミヤに限ったことではなく、ごく幼い頃からすでに、士貴はあちこちで王子の称号を得ていた。

容姿端麗、頭脳明晰《めいせき》、スポーツ万能で、家は金持ちのお坊ちゃん。後継ぎではないが、いっそ気楽なものだ。

だから、家に帰りたくないと思うのは士貴の我がままだし、血の繋《つな》がった家族に対して疎外感を覚えるのも、勝手なひがみなのだ。

自分は誰もが羨む環境にいて、深刻な悩みなど何一つない。

この先もずっと、何の憂いもなく幸福な人生が続いていく。――ずっと。

とぼとぼと大学に向かって歩いていた時、不意に尻ポケットのスマホが震えた。

ミヤからのメッセージだった。

『ごめん、抑制剤切らしてた。いつものクリニックに連絡入れとくから、薬お願いしていい？　急ぎじゃないので、今週中ならいつでもいいです』

遠慮がちな連絡に、「了解。今日、帰りに届ける」と即座に返信を入れる。急ぎじゃないというが、抑制剤がないのは不安だろう。

ミヤは昔、発情期に襲われかけた経験があって、発情期はもちろん、その兆候を感じると外に出られなくなる。

抑制剤がないのが怖いと言っていたのに薬を切らしたのは、先週まで寝る間がないほど仕事が忙しかったからだろう。

「大変だな、オメガも」

大学へ向かって歩きながら、ぼそりとつぶやく。

発情期のたびに行動を制約される友人を気の毒に思ったが、その苦労は想像することしかできない。ミヤと自分は身体の作りが違う。

ミヤはオメガで、士貴はアルファなのだ。


どうして人間にだけ第二性があるのだろうと、士貴はいささか不公平に思う。多くの人が思うことだろう。それがなぜなのか、現代の研究ではいまだ解明されていない。

人間以外の霊長類だって、性別は雄と雌しかないのに、人間にだけなぜかバース性という第二性が存在する。

この地球上でバース性を持つ生き物は、今確認されている限り人間と、あと哺乳《ほにゅう》類の数種類、それに虫と魚の一部の種だけだそうだ。

バース性、アルファ、ベータ、オメガという性別に、人間は捕らわれている。

実際のところ、アルファとオメガはほんの一部で、人類の七割はベータだ。にもかかわらず、人間はバース性にこだわる。

アルファは古今東西、だいたいどの国に行っても、種の頂点に立つ優秀な性として認識されている。過去の偉人や英傑はアルファが多いと言われ、現在も成功者はアルファが多い。富や権力はアルファに集中する傾向にある。

実際、士貴も生まれながらに頑健だし、男らしく逞《たくま》しい肉体に恵まれている。勉強も運動も、人より器用にこなすことができた。

そういう、優れた身体的特徴を持つとされるのがアルファ性だ。

ベータはすべてにおいて平均的、普遍的だと言われている。一番数が多いからこそか、平凡、何の変哲もない選ばれなかった者、というコンプレックスを持ち、アルファやオメガに憧れるベータは少なくない。

アルファはともかく、オメガなんて苦労するだけだと、士貴は思うのだが。

オメガはアルファの対極にある。

三つのバース性によって形成される、ヒエラルキーの底辺だった。今の日本では許されないが、かつてはもっとも劣った性だとか、汚れた性だとか言われていたそうだ。

男も女も、オメガ性は華奢《きゃしゃ》でひ弱だ。一年に何度も発情期があり、その間は身体が性交を求めて火照《ほて》り、疼いてたまらなくなるという。

オメガ特有のフェロモンをまき散らし、人々を誘惑する。

この発情期のオメガのフェロモンは、アルファに対して強い影響力を持つ。オメガ・フェロモンに当てられたアルファも強く発情し、理性が利かなくなって性交のことしか考えられなくなってしまう。

種の頂点とされるアルファが、底辺であるオメガの発情には抗えず、あっさり陥落してしまうのだ。

士貴は経験したことがないが、発情した状態でのアルファとオメガのセックスは、普通のセックスができなくなるくらい強い快感を得られるという。

オメガ・フェロモンは、あらゆるアルファを見境なく誘惑する。逆に言えば、オメガ本人の意思にかかわらず、発情期にはアルファたちの性の餌食になる。

抑制剤なしに、発情期のオメガは外を歩くこともままならない。この不自由さを回避するのは、番《つがい》の契約だけだ。

特定のアルファと発情期に性交し、発情したアルファがオメガのうなじを噛《か》むことで、番の契約が完了する。番を持ったオメガは、再び発情期が巡ってきても、もう誰彼構わずアルファを誘惑することはない。

番持ちのオメガが発情期に誘惑するのは、番相手のアルファだけだ。他のアルファたちはもう、このオメガのフェロモンにさらされても何ら影響はない。

ならばオメガはみんな番を持てばいいのかといえば、そう単純にはいかないのだった。オメガとアルファの生殖には、オメガの発情が深く関わっている。これが、オメガという虚弱な性を人類が無視できない所以《ゆえん》だった。

オメガとアルファは、発情なくして生殖ができない。

人類において子供を産む役割は、ほとんど女性が、それもベータの女性が担っている。それというのも、適齢期のベータの女性には生理があり、ほぼ一月《ひとつき》周期で自然妊娠が可能だからだ。

ベータの男女が性交した場合、二十代から三十代前半では一年間に約八割が自然妊娠できると言われ、一周期あたりでは二、三割という調査結果がある。

ところが生理のないアルファやオメガの男女、それにベータの男性は、性交してもまず自然には妊娠しない。

アルファとオメガの男性に至っては、妊娠どころか受精不能な精子を作ることもできないのだ。たとえベータの女性がいても、アルファとオメガの男性は子を作れない。

アルファとオメガの生殖には、常に発情が必要である。

アルファ、オメガの男性は発情の状態にあって初めて、精巣で作られた精子を送り出すことができる。発情していない状態で射精された精液は、常に無精子である。

オメガはベータ女性の生理と同様、一定の周期で発情期を迎え、発情中のみ、受精、妊娠が可能な身体となる。

アルファも発情状態になれば受精、妊娠が可能な身体になるが、アルファ自身には発情期がない。アルファが発情するには、発情状態にあるオメガのオメガ・フェロモンに誘引してもらい、発情するしかないのである。

つまりアルファという性は、男女にかかわらず、オメガ・フェロモンなくして生殖ができないのだ。そしてアルファは、同じアルファ同士か、あるいはアルファとオメガによってしか生まれてこない。ベータとの交配ではアルファは生まれないのだ。

この生殖の実態を小学校で教えられた時、士貴は子供ながら、バース性の歪《いびつ》さを感じたものだ。

優秀だ、生まれながらの勝ち組だと言われながら、アルファのみでは生き残れない。子孫の繁栄にはオメガの力に頼るしかないのだから。


その日、士貴が午前の講義を終えてカフェラウンジへ赴くと、顔なじみの学生たちが七、八人、一角を占拠していて、士貴に向かって手を振った。

こっち座りなよ、と言われて、断る理由もないのでそちらへ向かった。

学部も学年もバラバラな彼らは、大学祭実行委員のメンバーだ。士貴も二年生から実行委員に名を連ねている。

大学祭の運営に携わるつもりはなかったのだが、友人から名前だけでいいから籍を置いてくれと頼み込まれたのだ。なんでも、士貴が在籍しているというだけで、実行委員に入りたがる学生が一気に増えるのだとか。

士貴の大学は、学部生だけで三万人の学生を有するマンモス大学で、大学祭には多くの人手が必要となる。実行委員は万年人手不足だ。

名前だけで人が集まるならと承諾し、実際、去年からぐんと委員会のメンバーは増員したそうだ。もっとも士貴のほうは、名前を貸すだけに留《とど》まらなかったのだが。

「摑《つか》まって良かった、士貴。会いたかったんだよ」

士貴が席に着くなり、ひょろりとした糸目の男が大げさに両手を上げた。渋谷《しぶや》という、同じ経済学部の三年生で、ベータの男だ。

今年は実行委員長を務めていて、士貴を委員に引き入れたのも彼だった。

「なんだよ。もうこれ以上は何もしないぞ。委員としてじゅうぶん働いただろ」

士貴は警戒して身を引く。名前だけでいいと言ったくせに、この男には今年、重大任務を押し付けられたのだ。

嫌な任務ではなかったし、結果的には士貴にとっても有意義で楽しかったのだが、大変だったし気苦労も多かった。もう何もやりたくない。

「うんうん。士貴には感謝してる。あの伊王野《いおの》氏を引っ張り出してくれたんだから。士貴じゃなければ不可能だったよ。あ、コーヒー飲む？　奢《おご》るよ」

渋谷の馴《な》れ馴れしい態度に、士貴はますます警戒した。この男はいつも馴れ馴れしいが、今は揉《も》み手をしそうな勢いだ。何かを頼みたい合図である。

「いらねーよ。もう何もやらないって言っただろ。これ以上何かやらせるなら、実行委員辞めるからな」

士貴が釘《くぎ》を刺す。本当にもう、これ以上はごめんだ。辞める宣言は、渋谷ばかりか周りの男女も悲鳴を上げた。

「若公先輩、辞めないでください。委員長にはよく言っておきますから」

「先輩が辞めるくらいなら、渋谷先輩を辞めさせます」

「こらこら、君たち」

後輩たちが口々に言い、渋谷が困りきったようになだめるので、士貴は笑ってしまった。

渋谷は馴れ馴れしいが、悪い奴ではない。後輩たちも本気で言っているのではなく、互いの信頼関係があるからこそだろう。

それでも士貴が本気で嫌がっていることは伝わったようで、渋谷はそれ以上、揉み手で擦《す》り寄ってくることはなかった。

「そうそう、伊王野さんの講演会パンフレット、見本ができたの。さっき、みんなで見てたんだけど」

委員の一人が言って、カバンの中から薄いパンフレットを取り出し、士貴に差し出した。

カラー印刷されたパンフレットの表紙には、「卒業生講演会　伊王野神門《みかど》」という文字と共に、スーツ姿の男性がこちらを見据えていた。

精悍《せいかん》で端正な顔立ちの、目力の強い男だ。写真なのに、目が合うとどきりとしてしまう。

「表紙のデザインも、なかなかカッコいいでしょ？　前評判もすごいよ、講演会。聴講者は当日抽選にするけど、希望者が殺到しそう。動画のライブ配信もするけどね。みんな生で見たいだろうしなあ」

「あたしも周りの友達から、チケット都合してくれって言われた。大学祭の講演会なんて毎年ガラガラなのに、今年は前代未聞になりそうだね」

今年は伊王野神門を呼ぶと決まった時から、こうなることはみんな予想していた。今をときめく実業家だ。

若きビリオネア、モデルや俳優も尻込《しりご》みしそうな端正な容姿と、人を無条件に従わせる威圧感、それでも人々を惹《ひ》きつけてやまない不思議なカリスマ性……ここまで理想のアルファを体現している男は滅多にいない。

アメリカの有名な経済紙に取り上げられ、国内のみならず世界から注目されている男が、自分たちと同じ大学の卒業生なのだ。

おまけに、メディアの取材にも滅多に応じないという彼が大学祭で講演を行うというのだから、注目を浴びないはずがない。

渋谷の話では、すでに講演会のことで複数のメディアから取材を受けているという。

「ここまで来たら、絶対成功させたいですよね」

委員の一人が言い、渋谷が「もちろん」とうなずいた。

大学祭までまだ一か月あるが、逆に言えばあと一か月しかない。秋の深まりと共に、学生たちが祭りの準備に浮かれていくのは毎年のことだ。

大学構内はこれから一気に、大学祭の準備で慌ただしくなるだろう。もっとも、士貴は今年もそうした構内の空気を、他人事《ひとごと》で眺めるだけなのだが。

「士貴も、今年は打ち上げに参加してよ」

士貴は即座に、「いや、俺はいいよ」と断る。去年も参加しなかった。

大学祭実行委員は大人数だけに、打ち上げも盛大だと聞く。

大学のグラウンドを借りて全員でやる、後夜祭直後の「後々夜祭」と、それぞれの担当班ごとに行われる打ち上げ飲み会、幹部だけの反省会という名の慰労会、その他にもあれこれ理由をつけて集まるらしい。大勢で騒ぐのは苦手だ。最初から参加するつもりはない。

「そう言うと思った。幹部打ち上げだけでも出てよ。もう最後だしさ」

渋谷も士貴も三年生で、来年も大学祭はある。ただ就職活動や卒論の関係で、実行委員が実質活動に携わるのは三年までだった。四年生も手伝いはするが、あくまでサポートだ。

「俺はいいよ、そういうのは」

幹部だけの打ち上げといっても、かなりの人数なのだ。飲んで騒ぐだけの集まりが楽しいとは思えなかった。それくらいなら、どこかクラブやバーで遊び相手を探すほうがいい。

「冷たいなあ。寂しいなあ。じゃあさ、その代わりに、伊王野さんに声かけてよ。打ち上げ来てくださいって」

「なんでだよ。やだね。何が『その代わり』だ。だいたい、伊王野さんが打ち上げなんて出てくれるわけないだろ」

士貴は一蹴《いっしゅう》したが、渋谷は諦《あきら》めない。「声をかけるだけ」と、しつこく食い下がる。

「もちろん、伊王野さんが忙しいのはわかってるよ。実行委員の催しに参加してくれた人は、お礼も兼ねて打ち上げに呼ぶことになってるの。いくら多忙だからって、伊王野さんだけ声かけないのも失礼だろ。今回の功労者なのに。頼むよ。伊王野さんと連絡取れるの、士貴だけなんだから」

そう言われると、断ることはできない。確かに、他の関係者に声をかけているのに、伊王野だけ呼ばないのは失礼だ。士貴はため息をついた。

「打ち上げの日時と場所、俺のスマホに送っといて。いちおう声はかける」

「やった。ありがとと。士貴、大好き」

渋谷が飛びついてくるので、うざい、と押しのけた。うまく丸め込まれた気がする。

関係者を打ち上げに呼ぶのは嘘ではないし、士貴もそれは知っている。だが伊王野を呼ぶのは義理ではなく、ただ渋谷たちが伊王野に会いたいだけだろう。

実行委員主催の講演会なのに、実行委員長の渋谷をはじめ、幹部のほとんどは伊王野と会うことすらできていない。今回の講演会の準備に関するすべてが、伊王野が最初に指名した士貴を通じてやり取りされてきたからだ。

おかげで、本来は幽霊委員だった士貴はこの数か月、あれこれ動き回る羽目になった。

まあそれも、いい経験ではあるけど。

「お、サンキュ」

スマホが震えたので、渋谷が打ち上げの詳細を送ってくれたのだと思った。

「俺じゃないよ。まだ送ってない」

渋谷が言う。早とちりだった。ディスプレイを確認して、どきりとする。

噂《うわさ》をすれば、伊王野からだった。SNSのメッセージで、短く用件だけが綴《つづ》られている。

『今夜八時以降、もし都合がつくなら一緒に食事でもしないか』

伊王野からの誘いは、初めてではない。でも、滅多にないことだった。

胸の鼓動がドキドキやたらと速くなり、手足がじんと痺《しび》れた。喜びと興奮が顔に出そうになり、慌てて平静を装う。

「何、恋人？」

はっきり表には出していなかったはずだ。しかし、わずかな反応を渋谷は見逃さなかった。

「恋人なんて、いないよ」

素っ気なく答えると、周りのメンバーの数人が何か希望を持ったように表情を変えた。

恋人いないいんですか、意外、という声が聞こえたが、そちらは聞こえないふりをする。

「あー、そうそう。恋人はいないよね」

士貴の下半身事情を知る渋谷が、そんな周りの反応と士貴とを見比べて笑ったが、それもどうでもよかった。

伊王野に今すぐ連絡を返すべきか、真剣に悩んでいた。すぐに返すほうがいいのだろうが、あまりに反応が早すぎると、伊王野を信奉しているように思われるかもしれない。少し間を置いたほうが、士貴も暇ではないのだとアピールできるかもしれないし。

（……考えすぎか）

しばし考えて、そんな結論に達した。

わかってる。伊王野は士貴の返信が早かろうが遅かろうが、気にしない。

彼にとって士貴は、ただの母校の後輩、ちょっとばかり気まぐれに面倒を見てやっているにすぎない。士貴が伊王野を意識しすぎているのだ。

落ち着け、と自分をなだめつつ、手早く画面をタップし、誘いに応じる。久々の連絡で浮足立ってしまった。

別に彼に恋をしているとか、そういうわけではない。嫌っているのでもなく、ただ社会的に成功している大先輩に対しての、遠巻きな尊敬と憧憬があるだけだ。

それから、いくばくかの対抗意識。

すべてにおいて完璧《かんぺき》な伊王野神門は、アルファの王で、同じアルファとして士貴は、どうしても彼に反発とコンプレックスを抱かずにはいられないのだった。

今年の春、三年の新学期に入ってすぐのことだ。

「ねえ。伊王野神門と連絡取ってくれないかな」

渋谷から、唐突にお願いされた。

「伊王野神門って、あの伊王野神門のことか？」

即座に聞き返したのは、士貴自身、その人物を知ってはいるものの、何ら面識も接点もなかったからだ。

「そうそう。あの、伊王野神門」

大学祭恒例の卒業生講演会に呼びたいのだと、渋谷は言う。

伊王野は数年前、二十代のビリオネアとして、アメリカ経済紙の富豪番付にランクインした人物だ。日本人では歴代最年少で、たちまち日本でも注目され始めた。

今では世界中で汎用的に使用されている、電子決済ツールの開発者の一人で、決済アプリに付随するＳＮＳ機能は、フリマアプリとして使用されるようになり、その使いやすさから日本でも爆発的にユーザーを増やした。

伊王野は技術者ではないが、技術者である仲間と共に、こうしたインターネットを使った事業を次々に展開し、瞬《また》く間に億万長者となった人物である。

最近はようやく下火になったが、彼が富豪番付に載ってしばらくは、マスコミがこぞって彼を取り上げ、興味があってもなくても、テレビやネット、街頭の広告などで名前や顔を擦り込まれた。

彼が士貴たちの大学の卒業生だということは、だいぶ前から知っていた。同じ経済学部ということもあって、彼を教えた教授たちの何人かが、自分の手柄のように彼を褒め称《たた》えていたからだ。

「確かにあの人を呼べたら、目玉になるだろうけど。呼べって言われても何の面識もないぞ」

士貴は実行委員とはいえ、名前を貸しているだけの幽霊委員だ。あまりの「無茶振り」に、最初は渋谷の冗談か何かだと思った。

もしくは、士貴が何がしかの伝手《つて》を持っているのではと、期待しているとか。

士貴の実家はもともと繊維メーカーだったが、今は衣類から生活用品、医薬品と幅広く手掛けており、父の代で父の弟たちがコンピュータ関連機器の製造にも手を伸ばしている。あちこちに繋がりがあり、士貴もクリスマスから年末年始には何かとパーティーに駆り出される。

そんなこともあって、どこそこの政治家にパーティーで会ったとか、今をときめく女優と挨拶をかわしたとかいう話には事欠かない。

ただ顔を合わせただけで、学生の士貴に何の伝手があるわけでもないのだが、周りの学生よりはまだ、繋がりはあるのかもしれない。

昔から、士貴のコネクションを期待する友達は大勢いた。具体的にどういう人脈が欲しいというのではなく、士貴の近くにいれば何がしか得をするかもしれない、という期待だ。

子供の頃は純粋な友情だと思って裏切られ、そのたびに傷ついていたが、今はもう呆《あき》れもしない。またかと思うだけだ。

渋谷も、何かにつけて士貴を利用したがるが、下心を隠さないし、友情にかこつけて士貴を動かそうとしたりはしない。士貴が断ればあっさり引き、またしばらくすると懲《こ》りずにたかってくる。決して純粋な友情ではないが、気を遣わないぶん付き合いやすかった。

「うん、士貴んちと伊王野さんは、まったく接点なさそうだもんね。だが頼む。士貴がアポを取ってくれ」

「なんでだよ。意味がわからん。お前がやれよ」

「やったよ。メール送ったけど、返事がなかったの」

伊王野個人の連絡先はもちろん知らないので、会社の代表メールに宛てて、伊王野氏の母校の学生だが、講演会に出席してほしい旨を、丁寧に熱意を込めて綴った。

一度ならず二度送り、返信がないので電話をしたが、社長はただいま長期出張中なので返答しかねます、と言われて終わってしまった。

「じゃあダメなんじゃないか。諦めて別の卒業生を当たれば」

「やだ。伊王野神門がいいの。俺が委員長で、ビッグなゲストを呼んだって言ったら、就職に有利になるでしょ」

ならないんじゃないか、と思ったが、実際のところはわからない。

「頼むよ。ダメ元で、士貴の名前で送ってみてくれない？　それとなく、若公グループの社長の息子で、アルファってのを匂わせてさ。伊王野氏の琴線に触れる部分があるかも」

「逆効果だろ。俺はアルファで俺のパパは社長なんだぞ、なんて言って、快く引き受けてくれると思うか」

馬鹿馬鹿しい小細工だ。士貴だったら、そんなふうに依頼をされたら絶対に断る。

それでも渋谷は諦めなかった。

「だからダメ元なんだって」

俺はイケると思うんだ、と渋谷は言う。そういう潮目を読むのは得意な男だ。

「メール一通書くだけでいいから。俺が代筆してもいいけど、士貴の文章のほうがいい気がするんだ。ね、俺に恩を返すと思ってさ」

最後の一言に、士貴は言い返す言葉が見つからず、黙って相手を睨んだ。

この春休みの間、士貴は渋谷のアパートに入り浸っていた。たまに別の友人の家に泊まったり、友人と遊んで帰らない時もあるが、それ以外はほとんど渋谷の部屋にいた。

例によって家に帰りたくなかったからだが、長期の休みとなれば友人の家を転々とするのも限界がある。

だから、文句の一つも言わず置いてくれた渋谷には、休みが終わった今も感謝していた。

しかしよく考えたら、この男が何の見返りもなく純粋に手を貸してくれるはずがないのだ。

まさかメール一通書かせるために恩を売ったわけではないだろうが、げんに今、メールを書くだけで恩が返せるならと、士貴が考えているのも確かだ。

「俺が書いても、同じことだと思うけどな」

策略にはまった悔しさから、捨て台詞《ぜりふ》のように言いながらも結局、士貴は伊王野に講演会を依頼するメールを送った。

小細工も何もない、事務的な依頼内容と、通り一遍の時節の挨拶と別れの言葉を添えただけの、いささか素っ気ないものだ。

ところが、これに返信が来た。しかも伊王野の会社からではなく、伊王野本人から。

士貴が送ったのと同じくらい素っ気ない文体だったが、ごく簡潔に、長期出張に出ていて先日からの依頼を最近知ったこと、依頼に応えられるかどうかわからないが、詳細を聞かせてほしいと綴られていた。

驚きつつもそれにまた返信をして、こうして伊王野とのやり取りが始まった。

渋谷も自分でイケると思うなどと言っておきながら、大いに驚いていたが、伊王野との交渉を代わることはなかった。急に話し相手が代わったら、伊王野が戸惑うだろうというのが理由である。士貴も今さら降りることなどできず、結局その後もずっと、士貴が伊王野と連絡役になってしまった。

メールでのやり取りが続き、伊王野は講演の依頼を正式に受けてくれることになった。

伊王野はそれまで、講演と名のつくものに登壇したことはないから、これが初の快挙だ。

スケジュールの調整や事前準備など、メールより、直接会って話したほうが手っ取り早いだろう、という伊王野の提案で、夏休み前に初めて伊王野と対面した。

伊王野は三十二歳。士貴とは十歳ほども年が離れているが、経営者として見ればまだ若い。

にもかかわらず、伊王野にはすでに王者の風格や威厳のようなものがあった。

「へえ。君が若公グループの御曹司《おんぞうし》か。写真で見るよりハンサムだな」

初対面で放たれたその言葉と、値踏みするような視線は不躾《ぶしつけ》だったが、次に「よろしく」と笑った顔は子供みたいに屈託がなく、毒気を抜かれた。

若公という姓は珍しいから、若公グループとの関連を推測するのは当然だ。

それに士貴は過去に何度か、経済紙や新聞に家族との写真が載ったことがあるので、そのいずれかを見たのかもしれない。初対面でこうしたことを言われるのは日常茶飯事だ。

この男も、そうした俗っぽい人々と同じなのだと、士貴は最初の挨拶で皮肉な思いを抱いた。しかし、その第一印象はただちに裏切られた。

伊王野は、士貴がそれまで出会った人たちの、誰とも似ていなかった。

次にどんな反応をするのか、まるで予測がつかない。野性味のある男臭い美貌《びぼう》の持ち主だが、振る舞いに粗野なところはなく、大胆でありながら理知的で紳士的だった。

士貴は初めて会ったその男に、たちまち魅了された。

自分の周りにいるどの大人たちより、話に実があって説得力がある。驚くほど幅広い教養があり、それでいて知識をひけらかすことをしない。

伊王野もなぜか、初対面で士貴を気に入ったようだった。その日はただ会って打ち合わせをするだけのはずが、食事に誘われて美味《おい》しいディナーをご馳走《ちそう》してもらい、伊王野の行きつけだという、オーセンティックバーにも連れて行ってもらった。

その後、夏休みに入る前に一度、夏休みに二度、彼と会った。

そのうち一回は、講演会のパンフレットを作成するため、インタビューと写真撮影をする必要があったからだが、あとの二回は講演会に関係なく、伊王野が「暇になったから食事に付き合わないか」と、気まぐれに連絡してきたものだった。

予定があってもなくても、士貴は誘いに応じた。予定といっても、遊びの予定だけだ。それよりも、伊王野の話を聞く方が有意義に思えた。

といって、伊王野は別に、経営者ぶって何かを説くわけではない。世間話や過去の面白い体験談、たまに恋愛の話をするくらいだ。

ただ一方的に話すのではなく、士貴の話も熱心に聞いてくれた。だから、冷静にと思っても、つい士貴も自分のことを話してしまう。

士貴は、伊王野に傾倒している自分に気づいていた。気づいて反発する。

同じ男で、アルファのはずなのに、自分と伊王野はあまりに違う。

片や、自分だけの力で富と成功を手にし、今も躍進を続ける王者。片や、生まれながらにして誰もが羨む恵まれた環境にいながら、これといった未来の設計図もなく、ただ親の金で遊び歩いているだけの無為の若者。

周りから王子だの貴公子だのと言われ、憧れもてはやされていた自分は、実際には自分では何一つ成さない、張りぼての無能だ。

わかっていて、日頃は気づかないようにしている事実を、伊王野を前にすると思い出してしまう。コンプレックスを刺激され、どうやってもかなわないだろう相手に、悔しさと反発を覚える。

でもそれがかえって新鮮だったし、今や世界的に著名となった成功者と個人的に食事をするのは、自分の価値がほんの少し底上げされたようで嬉《うれ》しかった。

講演会が無事に終われば、伊王野と会うこともなくなるだろう。彼は多忙だ。士貴を食事に誘うのは、単なる気まぐれだとわかっている。

伊王野の会社は、若公グループのパイプなど必要としていない。

だから、彼との交流はほんの一時のことだ。後々の思い出として、士貴の心に残るだけ。

ただそれだけの関係なのだと、士貴は思っていた。

伊王野と食事をするのは今夜で四回目、ということになる。

回数を指折り数えている自分に、士貴は自嘲する。伊王野のほうはきっと、回数なんて覚えてはいないだろう。

待ち合わせは都内のカフェだった。

士貴が店に着くと伊王野はすでにいて、奥まったソファ席で本を読んでいた。今日は珍しく、黒いフレームの眼鏡《めがね》をかけている。近づくと、彼はすぐこちらに気づいて本を閉じた。

「お待たせしてすみません」

「いや、俺が早めに来たんだ。続きの気になる本があって」

伊王野は言い、手にした文庫を軽くかかげる。

「ミステリーですか?」

「そう。ちょうど、後ろの解説まで読み終えたところだ」

まだ予約していたレストランの時間には間があるというので、士貴も向かいに座ってコーヒーを頼んだ。

カフェのソファでゆったりとくつろぐ伊王野は、相変わらず腹が立つほどいい男だ。一枚の絵のように様になっている。

今夜行くレストランは、ドレスコードがないそうで、伊王野は襟《えり》のないシャツとパンツ、それにラフなジャケットを羽織っているだけだった。

仕事でもほとんど普段着だそうで、スーツを着ているのを見たのは一度しかない。

シャツは薄手で、隆々《りゅうりゅう》とした筋肉質の肢体がはっきりとわかる。定期的に身体を動かしているという彼は、ややマッチョだ。百九十センチも身長があって、アメフトの選手といってもうなずける体格をしていた。

マッチョな身体とすっきりとした短髪に、眼鏡をかけた風貌《ふうぼう》は理知的で、クラーク・ケントみたいだなと士貴は思う。クラークよりも伊王野のほうが、いささか野性味があるかもしれない。……などということを、コーヒーに口をつけながら士貴は考える。

同じアルファなのに、どうしてこんなに違うのだろう。

彼と並ぶと、士貴はどうしても見劣りしてしまう。身長は百八十ちょっとあるし、そこそこ鍛えているほうだ。でも、どんなに筋肉を増やしてマッチョにしたって、彼のようにはなれないだろう。骨格とか体質以前に、持って生まれた資質が違うと感じる。

「いつも急に誘って悪いな。予定は大丈夫だったか」

「ええ。どうせ暇ですし。それに伊王野さんの誘いだったら、何はなくても行きます」

それは嘘ではなかったが、本気で言うのは重いので、わざとお世辞めいた口調で言った。

伊王野はそれに、微苦笑を浮かべた。

「君は恐ろしくお世辞が似合わないな」

「やだな、お世辞じゃないですよ」

言いながら、士貴は自分が今、どんな顔をしているのかわからなかった。

他の相手となら、士貴はどんな人間でも卒なく合わせることができる。気難しい年寄りでも、欲の凝り固まった中年男でも、オタクでもパリピでも誰でもそれなりに打ち解けて、私とあなたは同じテリトリーの人間なのだ、という顔をすることができた。

でも伊王野の前では、どういう顔をすればいいのかわからない。どんな態度でも不正解だという気がするし、どれほどメッキを塗り立てても、目の前のきつい双眸《そうぼう》はたちまち地金を見抜いてしまいそうだ。

別に、演技をする必要などない。それはわかっている。でも、伊王野が誘ってくれるのは、それなりに士貴を気に入ってくれているからで、彼を失望させたくなかった。

結局のところ自分は、この絶対的な王者にちょっとばかりいいところを見せたくて仕方がないのだ。

俺だってアルファだ、自分はまだ若輩なだけで、お前に負けていないんだぞ、と証明したくて躍起になっているのだった。

負けないどころか、決して勝てないのはわかっているのに、背伸びをしたくなる。劣等感をめちゃくちゃに刺激される。

でも、そういうところがまた、伊王野に惹かれる点でもあった。士貴をこんなに悔しがらせる相手は、他にいない。

「今日は大学に行ってたのか?」

「ええ。午前中から二時くらいまで学校で、それから、友達が体調が悪いんで、薬と食料を届けたり」

クリニックでオメガの発情抑制剤を受け取り、ついでに食料や日用品を買い込んで、ミヤに届けた。

「友達思いなんだな」

意外そうに伊王野が言う。士貴をどんな人間だと思っているのだろう。適度にいい子ぶっているつもりなのに。

「俺も向こうには世話になってるんで。どうせバイトもなくて暇ですしね」

「夏のバイトはもう辞めたのか」

「あっちはもともと、単発だったんで」

二年までは家庭教師などしていた。人畜無害なお兄さんを気取っていたのだが、生徒たちが軒並み士貴を恋愛対象にするので、辞めてしまった。

十代の勢いはあなどれない。思い詰めて何か実力行使に出られたら困る。大人なら抵抗できるが、相手が子供の場合、たとえ士貴にやましいことがなくても、後ろ指をさされる可能性がある。

そんな理由があったのだが、バイトも途中で投げ出して、自分は根性なしだったかなと密かに気にしていた。

「今のところは、友達の穴埋めとか単発のバイトばかりです。長期でも、いいバイトがあればやりたいんですけどね」

「まあ君は、金に困ってなさそうだものな。けどそれなら今度……」

伊王野が何か言いかけて、ふと口をつぐんだ。どうかしたのか、と尋ねようとした士貴も、どこからか漂う甘ったるい匂いを嗅《か》いで固まった。

ぐるりと周りを見回す。周囲に変わった様子はなかった。ベータばかりなのか、士貴と伊王野以外、異変に気づいた客はいないようだ。

「出よう」

短く言って、伊王野は立ち上がった。士貴もそれに続く。

この店のどこかに、発情中のオメガがいる。まだ発情期に入ったばかりで、本人も気づいていないのかもしれない。そういう時は、アルファが自衛するしかない。

近くにいた店員に、発情中のオメガがいるとだけ伝え、二人は外に出た。

外気を吸い、どちらもふうっと息をつく。理性を飛ばすほど強い匂いではなかったが、あの匂いを嗅ぐと、自分がおかしくなるかもしれないという不安が先行して、落ち着かない気持ちになる。

「入口に検査機がありましたけど。作動しなかったんですかね」

最近では、オメガのフェロモンを感知するセンサーが市販されていて、店や公共機関の入口に設置されている。

センサーが鳴ればオメガ本人も気づいて、何らかの対処をするし、店が入店を断る場合もある。飲食店などではよく、マナーを注意喚起するステッカーの一文に、発情中のオメガの方は入店をお断りする場合があります、と明記されていた。

「フェロモンが微量だと、感知しない場合もあるらしいからな。特に安物は」

深呼吸する伊王野は、士貴よりフェロモンの感度が高そうだ。アルファでも人によって、オメガ・フェロモンに敏感だったり鈍感だったりする。

伊王野は冷静そのものだったが、そんな中にわずかな動揺を感じて心配になった。普段の彼は泰然としていて、ほんの少しの隙も見せないのだ。

「大丈夫ですか。俺はあまり影響がなかったけど、過敏な人だと、気分が悪くなったりしますよね」

「ああ。どうも俺は、人より敏感に反応するらしいな。だが、今は大丈夫だ。それにいざとなれば、ラット用の抑制剤もある」

伊王野は言い、ジャケットの胸ポケットを叩いた。

「いつも持ち歩いてるんですか」

オメガの発情をヒートと呼ぶのに対し、アルファが発情した状態をラットという。さっきのカフェのように、不可抗力でオメガのヒートに居合わせることはある。

ただ、気づいてすぐに離れれば、ラットの状態にまでなることは滅多にない。公共機関や交番に抑制剤の常備が義務付けられているので、最悪はどこかに駆け込めばいい。

オメガの抑制剤に対し、ラット用の抑制剤は保険が利かず非常に高価なので、あまり個人で持ち歩いているという話は聞かなかった。よほどの過敏症なのだろうか。

「万が一の備えだ。昔、不可抗力でラットになったことがあるんだよ。通りすがりのオメガの発情期にあてられて。周りに止めてもらって、最悪の事態は免れたが」

相手もだが、伊王野も大変な思いをしただろう。愉快な思い出のはずがないから、士貴もそれ以上は聞かなかった。

時間は少し早いが、二人はそのままレストランへ向かうことになった。

創作フレンチの店で、店内は広さのわりに席数が少なく、ゆったりとした配置だった。応対したスタッフの態度からして、伊王野は何度か店に来たことがあるらしい。

さらに今夜は、もともと別の相手のために店の予約を取っていたようだった。

スタッフも伊王野も、はっきりと言葉や態度にしたわけではない。ただ、彼らのやり取りを見聞きして何となく、他の誰かのために予約していた酒やメニューを、キャンセルしたようだと悟った。

「ほんとは、恋人と来る予定だったんじゃないですか？」

ワインで乾杯した後、からかうように士貴は言った。気づいても、わざわざ口にすることではない。多忙な彼が急に誘うのだから、そんな事情もあるだろう。

だからといって特段、士貴が機嫌を悪くする理由はない。いつもの士貴なら、気にも留めなかったはずだ。

なのに今、面白くない気分なのは、相手が伊王野だからだろう。

自分はやはり、伊王野にとって何でもない存在で、断られた相手の穴埋めに気まぐれに誘う程度の関係なのだ。それを思い知らされて、内心でむくれている。

みっともない、とそんな自分を軽蔑《けいべつ》した。友人でもない、ただの知り合いに、何の努力もなく特別な目で見てほしいと期待するなんて、馬鹿みたいだ。

だから身勝手な自分を表に出さないよう、何でもないふりに努めた。

「目ざといな」

士貴のからかいめいた指摘に、伊王野も軽い調子で肩をすくめる。

「実はそうなんだ。誕生日だから連れて行けと言われて、二か月も前から予約を取ってたのに、今日になって急に行けないとさ。フラれたよ」

フラれたというわりに、ちっとも落ち込んだ様子がない。この店は、予約の取りにくい店なのだろう。店構えを見ればわかる。一日に限られた数の客だけに料理を振る舞う、こだわりの強そうな店だ。

特別な日に特別な店の予約を取れというのだから、相手はただの友人ではないだろう。

「伊王野さん、恋人はいないって言ってませんでしたっけ」

答えはわかっていたが、やはり軽い口調で水を向ける。伊王野は口の端を笑いの形に歪《ゆが》め、すまして答えた。

「いないよ。若公君もいないだろう」

お互いの性愛事情は、最初に食事をした時に話して、ある程度知っていた。

つまり、伊王野も士貴と同類なのだ。

特定の相手は作らない。だから恋人はいないし、一緒にいるのはみんな「友人」だ。ただ、その友人たちとも時に寝るだけで。

士貴もそうだが、伊王野も男女やバース性に関係なく寝る。でも抱くだけで、抱かれることはしない。

アルファの男は相手を抱く、タチ役に徹することにこだわりがあるようだ。

士貴は知り合った友人の中から、後腐れのなさそうな相手を選んで関係を持っていた。主に生理的な欲求を満足させるのが目的だ。特定の恋人を作ると、相手を選ぶ面倒はなくなるが、かわりにセックス以外の義務が生じる。それが士貴にはわずらわしいのだった。

遊びに行ったり食事に行くなら、友達でもいいじゃないかと思う。そういうことではないのもわかっているが、やはりわずらわしい。

けれどこの伊王野は、むしろそういうわずらわしさを楽しむタイプらしい。

食事をして、酒を嗜《たしな》みつつ会話をかわし、時にはデートらしいこともする。相手と駆け引きをじゅうぶん楽しんで、ベッドに入るのはそうした駆け引きの戦果だ。

ただ身体を重ねるのではなく、恋愛ゲームをするのだから、士貴よりたちが悪いと思う。

実際、最初にそんなことを言った気がする。悪い人ですねと。

それに対して伊王野の答えは、「君は意外と真面目《まじめ》なんだな」だった。

士貴のそれを若さだと評さないところが、伊王野らしかった。

それだけ遊んで、結婚は考えていないのかと士貴は尋ねたことがある。あの時の答えはなんだっただろう。どうかな、とはぐらかされたのだったか。

「伊王野さんでも、フラれたりするんですね。入れ食い状態だと思ってました」

「まさか。餌だけ取られるのはよくあることだ」

「けど、釣り糸は一本じゃないんでしょ」

何本も海に放って、きっと次から次に釣れるんだろう。今回は竿《さお》を引き損ね、餌を取られただけだ。

「君ほどじゃないよ。まだ友達の家を泊まり歩いてるのか？」

そんなことまで話したっけ。伊王野との食事は、いつもほどよく酒が入るので、つるりと言わなくてもいいことを話してしまう。

「実家暮らしで、家に帰るとわずらわしくて」

「そう言ってたな。親からうるさく言われるのも、今だけだろう」

うるさく言われるわけではないが、否定はしなかった。宿を借りる友達にも、家の事情は詳しく話していない。

家がわずらわしいという士貴を、周囲の友人たちや、特に伊王野は、甘ったれのボンボンだと思っているだろう。

以前調べたところによれば、伊王野の家は母子家庭で、それも学生時代に母親を亡くしたということだった。士貴とは違い、奨学金と自分が稼《かせ》いだバイト代で大学を卒業し、事業まで起こした。

士貴が味わったことのない苦労もしたのだろうが、彼からは苦労人らしい雰囲気は感じられない。ずっと好き勝手にやってきた、自由な空気を感じる。

「一人暮らしは自分で稼いでからにしろって言われてるんで、社会人になったら実家を出られます」

苦労知らずのボンボンらしく振る舞う士貴を、しかし伊王野は軽蔑の目で見たりしない。内心でどう考えているかはともかく、心の内をうかつに表に出す人ではなかった。

「若公君は、一人でも卒なくやっていけそうだな。ところで、学生のうちに長期のバイトをする気はないか」

そういえば、カフェでもバイトの話をしていた。

「あの、それって」

もしかして、と期待を込めて相手を見ると、伊王野がうなずく。どきりと胸が高鳴った。

「うちの会社でというか、俺の下《もと》で雑用をしてくれるバイトを探してるんだ。インターンの名目を付けてもいいんだが、君は就職が決まってるんだよな」

「はっきり決まったわけではないです」

グループ会社の一つに、すでに父から話が行っているはずだ。大学に入った時から、士貴の進路は何となく決まっていた。関連する会社に入り、問題がなければそのうち、経営陣に加わるのだろう。

でもそれは、強制されたわけではない。両親や親戚も何となくそう考えていて、士貴も特にこうしたいと主張しないので、そのまま事が運んでいるだけだ。

「それって、アルバイトをしたら、伊王野さんの会社に入社できるってことでしょうか」

焦りすぎかとも思ったが、我慢できずに尋ねた。

士貴は実家の会社に入りたいわけじゃない。どうせ会社でどんなに成果を示しても、本家を継げるわけではない。姉が後を継ぐことはとうの昔に決まっている。

伊王野の会社に入れるなら、こんな嬉しいことはない。

「なんだ。その気がないわけじゃないのか」

即座に食いついた士貴に、伊王野はいささか意外そうだった。

「君は実家の会社以外、興味がないんだと思ってたよ」

「そんなことはないです。ただ、この就職難ですし、実家より条件のいいところは見つからないかもしれないなって思って」

「うちも、新卒の条件は他の企業と大して変わらないぞ」

釘を刺すように言うから、ここが押し時だと「それでも構いません」と言い募った。

「あの、アルバイトさせてください。それでできれば、卒業後も伊王野さんのところで働きたいです」

ここまで強く士貴が反応するとは、思っていなかったのだろう。伊王野は「わかったよ」と、苦笑した。

「まずはバイトからだな。就職の話は、働いてみてそれから考えればいい。俺も、君が仕事でどれくらい使えるのか見たいしな。まあ、君なら大丈夫だろうが」

「頑張ります」

「時期はそう、大学祭が終わってからだな。そっちも準備で忙しいだろう。俺もそれまでバタバタしてるから」

士貴の意気込みにまた苦笑をして、伊王野が言った。士貴は特別忙しいわけではない。何なら明日からでも働けるのだが、そう言われては大学祭が終わるまで待つしかなかった。

自分でも、どうしてこんなに興奮しているのか不思議なくらい、浮足立っていた。

大学祭が終わったら、伊王野との接点はなくなると思っていた。なくなるどころか、彼の下で働けるという。雑用でも構わない。

この魅力的な男のそばにこれからもいられるのだということが、士貴の心を沸き立たせていた。

ちらりと、家族に伝えたらどんな顔をするだろうと考えた。アルファだというだけの、飛び抜けた才能もない息子が、世界から注目される企業の社長に、言ってみれば目をかけられたのだ。

彼らの驚く顔を想像して、胸がすく思いがした。


独創的で美味しい食事の後、静かなバーで二杯ほど酒を飲み、遅くなったからとタクシーで送ってもらった。

「次に会うのは、講演当日かな」

別れ際、伊王野が言った。

「はい。楽しみにしてます」

今までは大学祭が近づくのが寂しいくらいだったが、今はむしろ待ち遠しい。

「打ち上げの件は、もう少し待ってくれ」

「いえ、本当に無理しないでください。俺もあんまり乗り気じゃないんで。伊王野さんが不参加だったら、俺も欠席する理由ができます」

渋谷に頼まれたので、いちおう打ち上げのことも伝えた。話半分に聞いてくれと言ったのだが、詰まっている予定をどうにか調整してみる、と言ってくれた。

どうしてここまでしてくれるのだろう。卒業生だから母校に恩返しを、ということなのかもしれないが、伊王野は実利主義に見えたから、彼の義理堅さは正直、意外だった。

「俺が行かないと君も行かないのか。ならますます、参加しないといけないな」

伊王野が気を遣わないようにと思っての言葉だったのに、彼は笑みを深めてそんなことを言う。からかうような、ちょっと酷薄そうに見えるその笑みに、どきりとした。

彼はたまに、士貴を見てこんな目をする。獲物を脅していたぶるような、そんな目だ。もっとも士貴を相手に獲物も何もないから、こちらの考えすぎなのだろうが。

「勘弁してください。俺、呑《の》んで騒ぐのが苦手なんですから」

「確かに、バカ騒ぎしている君は想像がつかない。見てみたいな」

冗談ばかりの実のないやり取りは、タクシーが目的地に着いたところでお開きになる。

「今夜は、本当にありがとうございました」

挨拶をして、タクシーを降りようとしたところで、ドアのヘリに足がつっかえてしまった。

「大丈夫か？」

車の外に転がり落ちそうになった士貴を、伊王野が腕を引いて助けてくれた。

「酔ってるのか。家の前まで送ろうか」

すぐ耳元で低い声がして、鼻先に彼のトワレが微《かす》かに香った。じわりと身体の奥から何かが滲《にじ》んで、士貴は慌てて距離を取る。

「大丈夫です。ちょっと躓《つまず》いただけで」

ありがとうございました、と礼を言い、そそくさとタクシーを降りた。

今日は浮かれて、いつもより飲みすぎてしまった。落ち着こうと言い聞かせているが、浮ついている自覚がある。士貴の慌てた態度に、伊王野はクスッと笑う。

「ああ。家まで気をつけて帰って」

目元まで和ませたその笑顔が、いつもより甘やかに思えて、士貴はへどもどしながら頭を下げた。

伊王野と別れ、一方通行の路地に入るとすぐ、高い塀に囲まれた邸宅が現れる。

見慣れた自分の家を目にした途端、それまでの浮かれた気分が萎《しぼ》んで、重く窮屈な感覚に支配された。

やっぱり友達の誰かに泊めてもらおうかと考えたが、先週の金曜から帰っていないのだ。さすがにまずいだろう。

若公家は放任主義ではない。ただ、今まで優等生で問題を起こしたこともないから、大学生になって多少派手に遊ぶのも、お目こぼしをもらっているだけだ。

警備会社のステッカーが張られた門扉をくぐり、家の中に入ると、ちょうど一階のトイレから廊下に出てきた父と、ばったり出くわしてしまった。

「遅かったな」

お帰りとも言わず、じろりと咎《とが》めるように睨みつけて、父は言った。

「すみません。友達と食事をしてて」

伊王野と交流があることは話していない。話す機会もなかったのだ。

「あまり羽目を外すなよ」

それだけ言って、興味を失ったように父はくるりと踵《きびす》を返した。

士貴が何日も家を空けていたことも、ひょっとするとこの人は気づいていないのかもしれない。ただ毎日、帰りが遅いくらいに考えていたのか、それとも士貴のことなど思い出さなかったのか。

今たまたま、遅く帰ってきたのが目についたから注意した。父が自分を見る目は、経営者が平社員を見る目そのものだ。大勢いる親類縁者の一人、くらいの認識だろう。

父が書斎に引っ込み、もたもたと靴を脱いでいると、今度は吹き抜けの二階から澄んだ声が降って来た。

「しーちゃん？」

士貴をそんなふうに呼ぶのは、一人しかいない。姉の舞花《まいか》だった。

二階から顔をのぞかせる、自分とよく似たその顔に士貴は「ただいま」と挨拶した。

舞花は双子の姉で、一卵性ほどではないが、パーツはかなり似ている。

ただ、士貴が骨格もがっしりして逞しいのに対し、舞花は見るからに華奢で、触れただけで壊れてしまいそうな、儚《はかな》さがあった。

発情期が明けたばかりのせいか、真っ黒な目がまだ潤《うる》んだように見える。オメガ・フェロモンの名残《なごり》のような、微かに甘い匂いが香ってくるようだった。

オメガ・フェロモンは、遺伝子が近いアルファには影響が薄い。そのため、近親者でオメガの発情に当てられることはほとんどないと言われている。

実際に士貴も他の家族も、姉の発情期に影響を受けたことはなかった。

ただ、その時期になると妙に艶《なま》めいていっそう美しくなる姉を見るのが、何となく気まずいだけだ。

「お帰り。遅かったね」

咎めるのではない、羨望《せんぼう》の混じった声で姉は言う。士貴の自由さが羨ましいのだろう。

それきり、じっと黙ってこちらを眺める舞花に、どういう言葉をかけたものか迷っていたら、二階の奥から「まあ、ちょっと」と、慌ただしい母の声が上がった。

「まだ起きてたの？　そんな薄着でウロウロしたら、風邪ひくじゃない」

秋といっても、まだまだ暑い気候に大袈裟《おおげさ》だが、母は昔からこうだった。

バタバタと慌てたように舞花のそばにやってきて、そこでようやく、階下の士貴に気づいたらしかった。

「あら、今帰ったの？　遅いわね」

「すみません」

数日ぶりの帰宅なのだが、やはり母も「遅い」としか言わない。誰も、士貴の不在に気づいていないようだった。

「大学生になったからって、あんまり遅くならないで。あなたが帰ってくると舞ちゃんが起きちゃうのよ。この子は夜更かしするとすぐ、熱を出すんだから。ほらほら、舞ちゃんも早く寝なさい」

「ごめん、ママ。でも喉が渇いて。あたしの部屋のウォーターサーバーが空っぽなの」

「やだ。昼に交換しといてって、お手伝いさんに言っといたのに」

母は文句を言いながら、舞花を伴って奥へ戻る。ほんの一瞬つむじ風が吹いたようで、玄関ホールは静かになった。

士貴は音を立てないよう、そろそろと玄関に上がる。両親は士貴を気にしないが、ひとたび目に留まると小言を言われる。

一階の奥にある自分の部屋に入って、ようやく息がつけた。

ここは以前、祖父母の寝室だった。ベッドと勉強机を置いて、さらにテレビとソファをゆったりと置けるだけの広さがある。

二年前、祖父が会社の経営から退陣したのを機に、二人は鎌倉の別邸に隠居し、今はここに両親と士貴と舞花の四人で住んでいる。

祖父母がいなくなって少しは住みやすくなるかと思ったが、この家は相変わらず士貴にとって居心地が悪い。

「早く、卒業して出たいな」

ソファに腰を下ろして、ぽつりとつぶやいた。邸宅に広々とした自分の部屋をもらい、金銭的な不自由は何もない。ものすごく恵まれている。

だから自分は幸せなはずだ。子供の頃から、何度も繰り返し言い聞かせてきた。

そうしなければ……もしも士貴が自分の幸せを疑ったら、周りに気づかれてしまう。

若公士貴は誰もが羨む御曹司ではなく、アルファのくせに家族に構われず跡取りにもなれない、みじめな存在だという事実を。


若公家は、アルファの一家だ。祖父母も両親もアルファで、祖父の代はどうだか聞いていないが、両親は体外受精で子供をもうけた。

生まれた子は双子で、新生児の遺伝子検査で弟がアルファ、姉はオメガであることが判明した。

姉は生まれつき身体が弱く、生まれてから数年は、年の半分ほどを病院で過ごしていた。祖父母にとって、士貴と舞花は初孫で内孫で、そのせいもあってか、両親と祖父母は身体の弱い、しかもオメガの舞花を、ことさら不憫《ふびん》がっていた。

士貴が物心ついた時から、世界は舞花を中心に回っていた。

舞花のために家がリフォームされ、部屋は彼女の好きなおもちゃで埋め尽くされた。

舞花が、おもちゃのガラガラが好きだというと、祖父や父の部下や取引先の人たちが、こぞってガラガラをプレゼントし、リビングはたちまちガラガラで埋まったという。嘘みたいな本当の話だ。

士貴たちが生まれたのはちょうど、祖父が社内で「天皇」などと呼ばれ、強権を振るっていた時分で、親戚や若公グループの関係者も、祖父待望の初孫に注目していた。

若公家に生まれた双子の姉弟、弟はアルファだったが、アルファばかりの一族にとってはさして、珍しいことではない。

オメガの姉、舞花こそが特別だった。舞花は家族にとってお姫様で、祖父母や叔父《おじ》たちはよく、舞花のことを「姫」と呼んでいた。今でもそう呼ぶことがある。

一族に大切に育てられた舞花は、美しくたおやかで、壊れそうなほど儚げであり、姫の名にふさわしい。

一方、士貴はただの士貴だ。姉のおまけ。姉が虚弱体質になった元凶。

「舞ちゃんは士貴のせいで、弱い身体に生まれたのよ」

胎児の時、士貴が姉の分の栄養まで吸い取ったから、舞花は虚弱になった。

本当かどうかわからないが、母は昔から悪気もなく、その話を繰り返した。幼い頃の士貴は本気で、姉が風邪ばかり引くのは自分のせいだと思っていた。

他の家族はどう思っていたのか知らないが、誰も母をたしなめたりしなかった。

士貴は何も悪くないんだと、教えてくれたのは小学校の担任の先生だ。

士貴は学校に上がって、外の世界が広がるにつれ、自分の家族がいささかいびつであることに気づきはじめた。

祖父母、特に祖父は孫娘を愛玩動物のように可愛がり、父も祖父母が寵愛する生き物が死んだりしては大変だと、過剰なくらい舞花に気を遣った。

母のことは、よくわからない。娘をオメガで虚弱に産んでしまった、負い目があるのだろうか。娘にべったりで、舞花も母にくっついていて、まるで一卵性親子だった。

うちの家族はちょっとおかしい。そのことに気づいて、でもだからといってどうすることもできなかった。家族が姉ばかり構って、自分を顧みない状況に変わりはない。

勉強を頑張ったり、運動会のかけっこで一番になれば褒めてもらえるかと考えたこともある。けれどその都度、

「お前はアルファだから、これくらいは当然だな」

そう言われて終わりだった。それで手を抜くと今度は、若公家の長男でアルファのくせに、こんなこともできないのかと叱責される。

舞花は学校に行くだけで賞賛された。幼い頃から大人たちにスポイルされ、自分の意志などないかのように振る舞う彼女は、勉強も学校も好きではなかった。

「明日は体育があるから、学校に行きたくない」

弟の士貴に対しては比較的、素直に感情を吐露する舞花は、翌朝にはどういう技を使ったのか、きっちり微熱を出して学校を休んだ。

大人たちが朝から姫君の微熱に大騒ぎするのを、士貴は冷めた目で見ながら登校した。

舞花は士貴と同じく、幼稚園からエスカレーター式の学校に通い、若公家が毎年たっぷりと寄付金を弾んだおかげか、高校まで留年することなくすんなり進めた。

成長するにつれ、舞花の身体は生まれた頃よりずっと丈夫になっている。

発情期があることを除けば、健康状態に何ら問題はないはずだ。

にもかかわらず、若公家の認識では舞花は相変わらず「病弱」で、無理は厳禁だった。

高校卒業後、どこにも進学しなかった舞花は、本人や母の希望でいくつか新しいお稽古事を始めたものの、どれも長続きしなかった。

でもそれも、病弱だから仕方がないのだ。

そう言いながら頻繁に、国内外を問わず気ままな旅行に出かけたり、芝居に買い物にと好きに出歩いているのだが、家族はみんな舞花の身体が弱いと言う。

アルファほど強くないのだから、嫌なことは無理にしなくていい。彼女はゆくゆくは婿《むこ》を迎え、若公家を継ぐのだから。

若公家は、アルファの婿を取らせて舞花に継がせる。

祖父が決めた。士貴たちが小学校に上がる前にはもう、決まっていた。

士貴については、誰も何も言わなかった。ただ若公家の長男として、アルファとして、相応《ふさわ》しい行動を取るよう教え込まれた。

期待などではない。そうするのが当然で、若公家に生まれた者の義務なのだ。

家族の誰からも期待されず、子供の頃に抱き上げられた記憶もなく、士貴は義務だけを課せられた。

同じ双子なのに、姉の舞花は可愛がられて、自分は放っておかれる。

家の中ではいつも、みじめで悲しかった。けれど、ひとたび家の外に出ると、士貴は若公家の御曹司、期待のアルファだとちやほやされる。

内と外とで士貴の自意識はちぐはぐだ。自分が何者だかわからなくなる。

でも他人から憐れまれるのは嫌で、外では他人から期待されるとおりに振る舞った。

人が欲しがるものは何でも持っている、苦労知らずのお坊ちゃんなアルファ。

中学に上がって大人に間違えられるくらい身体が成長すると、家族に愛してもらえなかった心の隙間を埋め合わせるように、様々な相手と身体を重ねるようになった。

でも、どんなに強がっても心の内は相変わらず、みじめなままだ。

そんな内心に気づかれたくなくて、身体は重ねても心を通じ合わせることはできなかった。

十代の頃は、真面目なお付き合いというものもしてみたけれど、今はもっぱら身体だけの付き合いに徹している。

誰かを抱くのは気持ちがいいし、束の間《つかのま》、心が満たされる。相手をベッドに組み敷き、相手から快楽を引き出すと、自分は優れたアルファなのだと自信が持てた。

だから、抱くことはあっても抱かれることはない。そこは士貴の矜持《きょうじ》であり、心の防衛線でもあった。

誰かを抱いて相手に快楽を与えている時だけ、自分は本当の意味で幸せになれる。

その時の士貴は、本心からそう思っていた。


大学祭当日、大講堂いっぱいの聴衆の前で行われた伊王野神門の講演会は、話題を通り越してちょっとした事件になった。

卒業生による在校生に向けた講演ということで、伊王野の生い立ちや起業に至るまでの道のり、自分の事業が成功した原因分析を、ごくごく簡単に、誰にでもわかりやすい言葉と構成で語った。

内容の濃さからして驚くほど明瞭《めいりょう》簡潔、また最後に在校生に手向《たむ》けた言葉が人の心を摑むスピーチだったので、聴衆の感動を誘った。

大学祭実行委員のアカウントで大学祭の翌日から配信されたそれは、たちまちネットで話題となり、海外のメディアに紹介されたとか。大学や実行委員会にもすぐさま、マスコミから取材の連絡があったそうだが、士貴は詳しく知らない。

講演会が無事に終われば、自分はもうお役御免だ。いや、一つだけまだ残っていた。

大学祭の打ち上げである。なんと、伊王野が本当に日程を調整してくれたのだ。そのため、士貴も参加せざるを得なくなった。

数ある打ち上げのうち、伊王野を招待したのは三年生以上の幹部と大学祭の協力者で行われる、比較的少人数のものだ。

とはいえ、幹部だけで二十人を超す人数で、彼らがそれぞれ、幹部の裁量だとかで勝手に友達を呼ぶ。これに大学祭に出演してくれたアイドル、お笑い芸人といったタレント、彼らのスタッフが混じるので、結構な人数になる。

毎年、クラブを貸し切って行われるそうで、要は打ち上げだの謝恩会だの名前を付けてはいるものの、学生が有名人と飲むために口実を設けたただのパーティーだった。参加資格は幹部かつ三年以上なので、絶対に酒が入る。

実態を聞いた士貴はもちろん、伊王野にそのことを告げたのだが、参加の意思は変わらないようだった。

「その代わり、若公君は俺の近くにいてフォローしてくれよ。学生のノリなんて、もう忘れたからな」

士貴だって、学生のノリなんてわからない。しかし、そう言われては伊王野についていなければならない。

渋谷は大いに喜んでいた。伊王野が参加するとなると、幹部の友人たちが激増しそうなので、当日まで渋谷と士貴の間だけの秘密となった。

打ち上げという名のパーティーは、大学祭から十日ほど経《た》ってから、大学祭の事後処理がすっかり終わった頃に行われた。

伊王野は途中参加し、打ち上げが始まって一時間ほどの時刻に会場から離れたカフェで士貴と待ち合わせた。

カフェに現れた伊王野は、今日も襟なしのシャツとパンツにジャケットという格好だったが、全体的に黒っぽい色味のせいか、今までになく艶《つや》めいて見えた。

軽く袖をまくり、骨太の逞しい手首にはいささか武張った意匠の時計がはまっていた。

何でもないシンプルな服装に、大ぶりで少し厳《いか》めしい時計がアクセントになっている。

前髪はいつも軽く流しているのに、今夜は額《ひたい》に下りていて若く見えた。

「なんだか、今日の伊王野さんはいつもと雰囲気が違いますね」

タクシーに乗って会場に向かいながら、士貴は言った。隣からほのかに香るトワレも、いつもと違う匂いだ。

「君だって、いつもと違う服装だろ」

「それは、まあ」

士貴も今日は打ち上げパーティーということで、服装は変えている。髪型もちょっとワックスをつけたり、鎖骨の出たカットソーに普段はあまり身につけないシルバーアクセサリーを合わせていた。

「いつも君に会う時は、大学の卒業生仕様だ。もしくはビジネス仕様」

言われてみれば、仕事帰りだという彼と会った時は、また違う雰囲気だった。スーツ姿というだけでなく、どこか冷徹な印象を受けたものだ。

「それで今夜は？」

「夜遊び仕様」

士貴の問に、伊王野はニヤリと笑って答えた。悪辣《あくらつ》で、でも魅力的な笑みだ。

それを見た士貴の脳裏に、色悪、という言葉が浮かぶ。容姿は二枚目、中身は性悪という歌舞伎《かぶき》の役柄のことだ。

世間知らずの学生なんか簡単にたぶらかして手玉に取りそうな、目の離せない危うさがあった。まさか今夜、学生を食う気じゃあるまいな、と心配になる。もしくは、大学祭のライブゲストの女性アイドルとか。彼が一声かければ、誰でも鈴なりに釣れそうだ。

「仕様ってだけだから、安心してくれ。羽目を外したりしないよ。学生がいるのに、おっさんだけはしゃいでたらみっともないだろ」

士貴の不安を見透かしたように、伊王野が言ってにっこり笑った。

「前も言ったように、大学祭の打ち上げなんてノリがわからなくて不安なんだ。そばにいてくれると嬉しいな」

その口調はちっとも不安ではなさそうだし、実際、彼はどんな場所でも困りはしないだろう。何が起こっても機転を利かせて対処しそうだ。

それでも士貴はうなずいた。彼がパーティー会場に現れたら、参加者たちは色めき立って大騒ぎになる。今は特に講演会の動画が出回り、ネットやマスコミで取り上げられて時の人扱いなのだ。

伊王野に一瞬でも近づこうと大騒ぎになりそうで、士貴は学生たちから伊王野を守らなければならない。伊王野が頼んでいるのは、そういう意味でのフォローだろう。

「今夜は俺、伊王野さんのボディガードになりますよ」

士貴が言うと、伊王野は微笑《ほほえ》んだ。

「君は聡《さと》いな。頭のいい子は好きだよ」

好き、という言葉に心臓が跳ねた。彼はただ、士貴の勘の良さを褒めただけだ。そういう意味で言ったのではないとわかっているのに、どきりとする。

ありがとうございます、とモゴモゴ言って視線を逸《そ》らした。彼の顔が見られなかった。

だからその時、伊王野がどんな顔をしていたのか、士貴は知らない。


会場となる店に着き、裏口からひっそり中に入ったのだが、伊王野と士貴はたちまち気づかれて、やはり大騒ぎになった。

二人が到着した時、店の奥では幹部が呼んだらしいＤＪがパフォーマンスをしていたが、伊王野が気づかれるや、音楽などあってないも同じだった。

講演会すごく良かったです、伊王野さんに憧れています、お会いできて光栄です、と、大音量で流れる音楽の中で学生たちが口々に声を張り上げる。

大音響の中、喉を嗄《か》らして叫び、次々に握手を求めるので、士貴と渋谷は急いで彼を座席のある奥まった場所へ案内した。

そこには招待されたアイドルやお笑い芸人がいる、渋谷の機転だろう、機材などでエリアを囲み、手書きの稚拙な文字で「超VIP席」と大きく貼り出され、気安く人が出入りできないようになっていた。もっとも、酒が入って酩酊《めいてい》したら、遠慮なく関係なく入ってくる学生もいるだろうが。

アイドルもお笑い芸人も、伊王野の登場に驚いて喜んでいた。彼らも芸能人だが、伊王野のような大物に出会う機会は、そう多くないだろう。

向かいの席に座った伊王野に女性アイドルがさっそく、「講演会の動画見ました」と、目をぱちぱちしながら言い、お笑い芸人の二人組もへりくだった態度でそれでも懸命に伊王野に声をかける。伊王野は先ほど学生たちに囲まれた時と同様、彼らに対してもにこやかに、感じよく接していた。

士貴はフォローに徹しようと、最初は席に座ることなく、注文を聞いて彼らに酒を運んだりしていたが、途中から伊王野が「君もゆっくりしな」と、自分の隣に座らせたので、強制的に「超VIP」の輪に加わることになった。

士貴が座ったのを確認したのか、どこからか渋谷が現れてちゃっかり彼も士貴の隣に座り、しばらく酒を飲みつつ話をした。

飲み物や食べ物は自分たちで取りに行くスタイルだったが、渋谷が酒のボトルだの割り物だのを運んでくるので、いちいち取りに行く必要はない。

伊王野や芸人をはじめ、その場にいるのは士貴以外みんな、話術に長《た》けた人たちばかりだ。

旧知の仲のように気さくに盛り上がり、誰かのグラスが空けば誰かがそれを満たして、楽しげな時間が流れた。

といって、何を話していたのかと聞かれるとよく覚えていない。別にどんな話でもいいのだ。その場が盛り上がれば。

士貴も場の空気を白けさせないよう、愛想よく会話に加わっていた。何かあれば伊王野のフォローをするつもりで気負っていたのだが、おかげで自分の酒量を忘れていたらしい。気づくと、かなり酒を飲んでいた。伊王野が士貴をよく気にかけてくれて、グラスが空になると「何か飲むか？」と聞いてくれたからかもしれない。

みんなが楽しそうに話す姿が、次第に遠く感じられるようになった。ああ酔ってるな、と思いながら伊王野が新しく作った水割りを飲む。酒がきつく感じられた。

「伊王野さんは、ご結婚は考えてないんですか」

音楽の海の中、ふわふわした気分の士貴の耳に、お笑い芸人の声が入ってくる。彼女とかいるんじゃないですか、と、芸人の相方が畳みかけ、聞きたーい、とアイドルがはしゃぐ。どうしてそんな話題になったのか、士貴はもうついていけなかった。渋谷を窺《うかが》うと、彼はただニコニコしている。

「結婚？　どうかな」

伊王野が言った。そう、以前に士貴が尋ねた時も、そんなふうにはぐらかされたのだった。

でも今日は、それだけで終わらなかった。

「そんなこと言って、実は婚約者とかいるんじゃないですか？　ある日突然、結婚しました、なんて各局にＦＡＸが来たりして」

だいぶ酒が回ってきたのか、お笑い芸人がなおも食い下がる。アイドルも「ありそー」と手を叩いた。

「いや、本当にいないない」

伊王野は苦笑と共に答えた。ちらりとこちらを見たので、聞いてますよ、というつもりで士貴はにっこり微笑んだ。それからまた水割りを飲む。やっぱり酒が濃い。

「別に結婚したくないわけじゃないいんだがね。いい人がいれば、かな。月並みだけど。周りがうるさいから、もういっそ誰かと結婚したほうがいいかな、とも思う」

初めて聞く話だった。てっきり伊王野は、まだまだ遊んでいたいのだと思っていた。

誰か、釣り合う相手を見つけて結婚するのだろうか。

「伊王野さんはアルファだから、結婚するならやっぱり、オメガですか」

「いや、相手の性別にこだわりはないな。ベータでもアルファでも、男でも女でも」

「やった。じゃあ、私にもチャンスあるかな」

「図々《ずうずう》しいって」

女性アイドルが冗談めかして言い、芸人がツッコむ。士貴も笑ったが、ふわふわしていて感覚があやふやだった。

ただ伊王野の、結婚したくないわけじゃない、相手の性別にこだわりはない、という言葉が頭の中を回っていた。

（じゃあ、俺でもいいんじゃん）

そんな言葉がポンと浮かび、慌てて取り消そうとしたのを覚えている。何を考えてるんだ、酔っているんだと、酔った頭で言い訳した。

「士貴、酔ったのか？」

誰かに呼ばれた。渋谷だろう。伊王野は士貴を名前で呼ばない。

「……随分と可愛らしいじゃないか」

甘やかな低い声を、最後に聞いた気がする。優しい声なのに、獲物を前に舌なめずりしているような、そんな物騒な気配を感じた。

けれどその後のことは、何も覚えていない。


酒は強い方だった。自分の酒量もわきまえている。今まで一度も、酒で羽目を外したり、前後不覚になったことはない。

酔って騒ぐ同級生たちを見て、馬鹿だなと呆れていたし、自分は今後も酒で酩酊するようなことはあるまいと思っていた。

だから目が覚めた時、頭がズキズキと痛む理由が咄嗟《とっさ》にわからなかった。

喉が渇いて、吐く息が酒臭い。

そういえば、伊王野と大学祭の打ち上げに参加していたはずだ。アイドルとお笑い芸人と飲んでいたのに、あれはどうなったのだろう。

だんだんと意識がはっきりしていくなか、どうしても打ち上げの後のことが思い出せない。

(飲みすぎたのか)

嘆息したが、それでも何かいつもと違う、自分の身に重大なことが起きているような、嫌な予感がした。

そっと目を開ける。嫌な予感は的中した。士貴は、見たことのない部屋のベッドにいた。

ホテルではなく、個人の住居のようだと、さっと部屋を見回して判断する。

室内には士貴の他に誰もいなかったが、士貴が頭を預けていた枕の隣にもう一つ枕があり、誰かが寝ていた形跡があった。

布団をめくってさらに確認する。……裸だ。

(やらかした)

でも、誰と？　あの場にいた女性アイドルにお笑い芸人、もしくは渋谷か、伊王野か。

考える前から答えはわかっていた気がする。けれどそこに行きつくのが怖かった。なぜ怖いのかわからない。なぜなんて考える余裕もない。有体《ありてい》に言えばパニックだった。

裸のまま放心していると、ベッドの足元にあるドアが開いて答えが現れた。

「起きてたか。おはよう。と言っても、もう午後だけどな」

そこにいたのは伊王野だった。一瞬、別人のように見えたのは、彼がTシャツとハーフパンツという、しごくラフな格好で、髪も整えず無精《ぶしょう》ひげを生やしていたからだ。

「伊王野、さん」

どうしてあなたが。俺はなぜここに？　昨日、何があったのか。

聞きたいことがあるのに、言葉にならない。呆《ほう》けたような士貴に、伊王野はくすりと笑い、そのまま部屋を出て行ってしまった。

すぐに戻ってきて、冷えたミネラルウォーターのペットボトルを士貴に渡した。それもちゃんと、キャップをひねってから渡してくれる。

士貴はとりあえず、黙ってそれを受け取った。喉がひどく渇いていたからだ。

一息にボトルの半分以上を飲み干し、大きく息をつく。ぼんやりしていた頭が少し、すっきりした気がした。

「あの、俺、どうして……」

真実を知るのが怖くて、はっきりと言葉にできなかった。オドオドする自分は、伊王野の目にきっと、滑稽に映っただろう。

伊王野は終始、士貴の反応を面白がるように見つめていた。

「昨日のこと、覚えてないのか。何も？」

その問いかけさえ、捕らえた獲物をいたぶるような声色を含んでいた。

それが、今まで会ったどの伊王野とも違っていて、士貴は恐ろしくなる。黙ってかぶりを振ると、「そうか」とだけ言われた。

「とりあえず、シャワーでも浴びてきたらどうだ。ベッドに入る前に風呂に入ったんだが、その後そのまま寝てしまったからな。さっぱりしたいだろ」

ベッドに入ってただ眠ったわけではないことが、彼の言葉ではっきりした。何を、なんて聞くまでもない。

士貴はのろのろと起き上がる。伊王野は「隣がバスルームだ。トイレもそこに」と、入ってきたドアとは別の扉を示した。

「ゆっくり入れ。出たら話をしよう」

全裸なので、ベッドからなかなか出られずにいると、伊王野はそれだけ言ってすぐに部屋を出て行った。

足元のドアが閉まってようやく、上掛けを撥《は》ねのけてベッドを下りる。その時、尻に違和感を覚えてぎくりとした。

無理に押し広げられたような、異物を受け入れたような違和感だ。

舌打ちしたい気分で隣のバスルームへ移動した。シャワーを浴び、ボディソープで身体を洗っているうちに気づいた。士貴の肌のあちこちに、昨日までなかった鬱血《うっけつ》の痕《あと》がある。

（やっぱ、俺が抱かれたのか）

何も覚えていない。いや、目をつぶり意識を凝らすと、ぼんやりと誰かの裸体を間近に見た記憶があった。伊王野の顔と、彼の向こうに先ほどの天井を見た気がする。

昨晩、酔った士貴はどういうわけか、伊王野と寝たのだ。

自分が誰かに抱かれるなんて、信じられない。でも、尻の違和感は気のせいでは済まされないものだったし、士貴が伊王野を抱くのは、自分が抱かれるよりも想像できない。

出たら話をしよう、と言っていたから、昨日のことを説明する気はあるのだろう。何があったのか、知るのは怖いが聞かなければならない。

バスルームを出て、備え付けのバスタオルを巻いて寝室に戻ると、ベッドの上にいつの間にか着替えが置いてあった。部屋を見回したが、士貴の服はない。

替えの下着はなくて、伊王野のものらしいTシャツとハーフパンツだが、バスタオルよりましだ。着てみると、やはり士貴には大きかったが、大きすぎてだぶついているというほどでもなかった。

それから寝室を出て、戸惑う。廊下が正面に長く延びていて、いくつかドアがある。どの部屋に行けばいいのかわからなかった。

するとｔ貴の気配を察したように、正面のドアが開いて伊王野が顔を出した。

「こっちだ。おいで」

優しく手招きされ、おずおずと正面の部屋に入る。入った瞬間、眩《まぶ》しさに軽く目を細めた。リビングらしい。士貴の家のリビングと同じくらいだから、四十畳はあるだろうか。一面が窓ガラスに覆われ、午後の陽射しが降り注いでいる。白っぽい大理石の床に光が反射して、余計に眩しく感じる。

窓の外に都会のビル群が見え、ここが都市部の、かなり高層にあるマンションの一室だと理解したが、立地まではわからなかった。

士貴が目を細めるのを見て、伊王野は窓のブラインドを下ろしてくれた。

窓辺に置かれたソファに座るよう促され、士貴は真っ白な革張りのそれへ腰を下ろした。大理石のリビングの奥は、黒っぽい重厚感のある板材の床になっている。ダイニングキッチンだった。

伊王野はそのキッチンから、マグカップを二つ持ってソファに戻ってきた。一方はコーヒーで、もう一方はホットミルクだ。ミルクを士貴に渡し、隣にどさりと腰を下ろす。

「さて」

ブラックコーヒーを一口飲み、伊王野は口火を切る。

「昨晩のことは覚えていないんだったな。お前が酔っぱらって、二人で打ち上げを抜けたことは？」

士貴は首を横に振った。伊王野はいつも、士貴を「君」と呼んでいたのに、今は「お前」になっている。

「そこからか」

ふうっと大きくため息をつかれ、「すみません」と、咄嗟に謝ってしまった。気にするな、とは言われなかった。

「逆に、どこまで覚えてるんだ？」

問われて、ぽつぽつと記憶を語る。みんなで飲んで盛り上がり、いつの間にか伊王野の結婚の話になったこと。その頃には、もう酒が回っている自覚があった。でもその後のことは覚えていない。

「なるほど。無難なところまでしか覚えていないんだな」

伊王野のその声はやっぱり呆れているようで、士貴はまた「すみません」と、謝ってしまう。ことさら強い口調ではないけれど、記憶がないことを責められているように感じられた。

「身体は。大丈夫か」

また一つため息をついてから、伊王野が尋ねた。

「初めてだって言うから、じゅうぶん配慮したつもりだ。昨日見た限りでは出血もしてなかったが、痛みはないか」

どこが、とは言わなかったし、士貴もわざわざ聞いたりしなかった。おずおずとうなずく。

「動いた時に違和感はありましたが、しばらくしたらなくなりました。痛みはないです」

「違和感、か」

笑いを含んだ声で意味深につぶやくから、気になって伊王野を見た。彼はニヤニヤと人を食った笑みを浮かべる。

「自分で言うのもなんだが、俺のはかなり太いし長いんだけどな。違和感で済んだか」

赤裸々なセリフに、士貴は自分の顔が赤くなっているのがわかった。こんな下ネタで動揺するような自分ではない。そのはずなのに。

抱く側と抱かれる側では、こんなにも意識が変わるものなのだろうか。

「やっぱり、何も覚えてないみたいだな」

士貴の顔色を見て、確認するように伊王野は言った。

「覚えてません。断片的に、裸で二人でいた映像は思い出すんですが。それ以外は何も。やっぱり、俺たちはその……」

「寝た。もっと具体的に言えば、俺のをお前の尻に突っ込んだ。これで、わかるか？」

わかりすぎるくらいわかる。じゅうぶんだ。

士貴は頭を抱えた。酔って前後不覚になった上、よりによって伊王野に抱かれるなんて。

そう、自分は生まれて初めて抱かれたのだ。この男に。

「後悔してるか、俺と寝たこと」

コーヒーを飲んでいた伊王野が、やがて小さく尋ねた。士貴は頭を抱えて顔を伏せたまま、かぶりを振る。

「後悔も何も、覚えてないんですから」

「じゃあ、何を悩んでる。初めて男に抱かれたことか。酒に酔って記憶をなくしたこと？」

「両方です。でも、悩んでるわけじゃない……と、思う」

言葉にしてから、そういえば自分は、何をここまで動揺しているのだろうと思う。

今までだって、一晩だけの関係はいくらでもあった。うんと年上の男と寝たこともある。では、抱かれたことがショックだったのだろうか。確かに今まで抱く側ばかりで、前後不覚のうちに初めての体験をしてしまったという衝撃はある。

「言っておくが、無理やり抱いたわけじゃないぞ。まあ、誘導したにはしたが。ここに連れてきたのだって、お前が家に帰りたくないとベソベソ泣くからだ」

「泣いた？　それは嘘だ」

即座に否定した。家に帰りたくない、というのは自分が言いそうなことだ。でも、泣いたなんて信じられない。

するとと伊王野は、新しいおもちゃを見つけたみたいに楽しそうな笑みを浮かべた。

「話をだいぶ端折《はしょ》ったな。家に帰りたくないと言ったのは本当だ。いつもしゃんとしてるお前があんまり哀れっぽく言うから、うちに連れて来たんだ。誘われてるのかもしれない、とも考えてな」

「誘ってません」

「昨日あったことを、そのまま伝えてるだけだ。気を悪くしないでくれ。とにかくここに連れて来て、まだ寝たくない飲み足りないって駄々をこねるから、このソファに座って酒に付き合った」

まったく覚えていない。が、そう言われれば、このソファでワイングラスを傾けた映像が脳裏に浮かぶ。

「お前は酔って、いろいろ話してくれたぞ。だいたいは家庭のことだったけどな。そのうちベソベソ泣き出すから、子供をあやすみたいに慰めた。お前も子供みたいに甘えてきて、まあそれで、いい感じになったんで抱いていいかと尋ねたら、抱いてくれと答えたんだ。だいぶ呂律《ろれつ》が回ってなかったが」

「そんな……」

紳士のすることではないが、元より伊王野は紳士じゃない。彼が遊んでいる話を、散々聞かされたではないか。

彼はハンターだ。紳士ぶっているのは獲物をおびき寄せるための擬態で、士貴だってわかっていたのに、自分はアルファだからとたかを括《くく》っていた。自分が捕食される側になるなんて、想像もしていなかった。

「俺も、そこまで嫌がられると傷つくんだが」

「嫌がってはいません」

自分の中に嫌悪感はある。でもそれは、伊王野に対してではない。酒に呑まれて醜態を晒《さら》した自分にだ。

そうか、と、そこでようやく納得した。家の外で士貴は完璧なアルファだったのに、それがアルコールなんかで崩れてしまったからだ。しかも、伊王野の前で。

誰よりも格好《かっこう》をつけたい相手に、みっともないところを見せてしまった。そんな嫌悪だ。

「士貴」

唐突に、伊王野が名前を呼んだ。先ほどから彼は、士貴を呼び捨てにする。

でもなぜか、若公君、というよそよそしい呼び方より、こちらの方がしっくりきた。混濁した意識の中で、彼に何度も士貴と呼ばれたような気がする。

「覚えていないなら、戸惑うのもわかる。からかって悪かった。俺も、まったく覚えてないとは思わなかったんでな」

からかう口調とは一転して、誠実そうな声音で言った。

そう言われると、士貴も居心地が悪い。伊王野の話が確かなら……きっと本当のことなのだろう……士貴は駄々をこねて、伊王野の家にいわば押しかけたのだし、最後は抱いてくれとも言ったらしい。

それで翌朝になったら何も覚えていない、と被害者ヅラするのは、伊王野の側からすれば、そりゃあないだろ、とぼやきたくなるだろう。

「すみません」

「謝らなくていい。お前の立場だったら、まあパニックになるよな」

謝らなくていいと言われて、ようやく少し安堵《あんど》した。自分は、伊王野の不興を買うのが怖いのだと思う。彼に嫌われたくないのだ。

「まず、妊娠の心配はない。これは絶対だ」

士貴もうなずいた。その心配はしていない。どちらもアルファで、発情していなかったのなら可能性はない。

「病気の心配もまあ、ないではないが、今までもきちんとゴムはしていたし、まず心配はないはずだ。だがこれは、時期を見てきちんと検査をしておこう。俺とお前の両方」

「いえ、そこまでは」

お互いに遊び歩いているのだから、じゅうぶんに気を付けているとはいえ感染のリスクがないわけではない。士貴も誰に言われるでもなく、定期的なチェックは受けている。

ただ、相手にそこまで強要するつもりはなかった。士貴を安心させるための言葉だと思っていたが、伊王野は「いや、やらせてくれ」と、堅固に言った。

「お前の初めてを奪ったんだ。責任は取る」

「そういう言い方、むしろいたたまれないからやめてください。いや、責任って」

「責任ってのはあまり、いい言い回しじゃないな。けじめ、ってのも同じか」

ふさわしい言葉を考えあぐねるように、伊王野は首を捻《ひね》った。彼が何を言いたいのかわからない。

責任とか、落とし前を付けてほしいわけじゃない。昨日のことはお互い様だ。大袈裟にしてほしくない。士貴はまだ、現実を受け止めきれていないのだ。

けれど伊王野は、士貴に落ち着く間を与えなかった。もうすでに士貴の許容量を超えているのに、さらなる爆弾をぶち込んできた。

「きっかけ、かな。そう、昨夜のことはきっかけだ。俺はもともと、お前のことを買ってたんだ。俺に講演会を依頼してからの段取りを見てきたが、仕事で使えそうなやつだなと思ったた。ただのお坊ちゃんでも、アルファ性に胡坐《あぐら》をかいてるわけでもない。ちゃんと自分を高める努力をしてきた奴だと。考える頭を持ってる」

伊王野の士貴に対する評価を聞くのは、これが初めてだった。こちらが思っている以上に、彼は士貴を買ってくれていたらしい。

「俺に無条件に心酔してるわけじゃないところも、気に入った。金持ちになってからこっち、俺を宗教の教祖みたいに崇《あが》める奴がいるんだ。その点お前は冷静だし、金に困ったことがないからガツガツしてない。近くにほしいなと思った。仕事の部下として」

「ありがとうございます」

ガツガツしてなくてよかった。士貴は初めて自分の境遇に感謝した。

「それはそれとして、個人的にも興味があった。お前は、少なくとも表向きは、完全無欠なアルファの王子様だ。育ちが良くて、頭も顔もいい。周りの同じ年の学生より大人《おとな》びていて、気は利くし空気も読む。そのくせオメガもベータも、男女見境なく食って、涼しい顔をしてる。そういうお前を逆に食ってやったら、楽しそうだなと」

「前から、そのつもりだったってことですか」

にやりと笑った伊王野が物騒に見えて、思わず顎を引いた。

「いや、思っただけさ。お前とは今回の講演会で終わらせるつもりはなかった。長く友人として付き合って、あるいは俺の手元で働かせて、いつかそういう機会もあるかもしれないと思ってた。前に言っただろう？　俺はじっくり時間をかけるのが好きなんだ。手間暇惜しまず肉を熟成させ、きちんと下ごしらえをして、最高の状態で焼き上げ、食べる。ぴったり合うワインと一緒に」

そんな話を以前、確かに聞いた。話をする彼の獰猛《どうもう》な眼《め》つきを見て、純粋に憧れたものだ。アルファはより強いアルファに憧れる。

でも今、彼が捕食者の眼で見据えるのは士貴である。狼《おおかみ》だと思っていた自分が実は兎《うさぎ》だと気づいたような、そんな心もとなさを覚えた。

「そう怯《おび》えた顔をするな。とにかく、最初からお前を気に入っていたって話だ。だから酔ってやらかしたとか、一晩のあやまちだとかで終わらせたくない」

身の危険を感じたと思ったら、存外に真面目な話だった。士貴は肩透かしを食らった気分だったが、それでもまだ、もぞもぞと腰の据わりが悪い感覚があった。

伊王野の眼つきのせいかもしれない。ひたりとこちらを見据え、決して逃がすまいと狙いを定めているように見える。

「端的に言おう。俺たち、付き合わないか」

士貴は大きく目を見開いた。でもその言葉は、彼が口にする前から、話の流れとして少し予想はしていた。まったく予想していなかったのは、次の言葉だ。

「もっと言えば、婚約しないか」

「え?」

聞き間違いかと思った。「婚約」と、伊王野が繰り返す。

「結婚、はまださすがに早い。お前も学生だし、俺も入籍するとなれば方々に知らせなきゃならない。若公グループの長男との結婚だ、式もそれなりじゃなきゃいけない」

「式って、それは」

「気が早い、だろ？」

俺の言ったとおりだろ、という口調に、思わずうなずいてしまう。いやしかし、ここで婚約というのも一足飛びすぎはしないか。

「俺は、誰かいい相手がいれば結婚しようと思ってた。昨日もそう言った。お前もそれは覚えてるよな」

「そうだけど、いや、そうですけど。でもそれが、俺だと？」

「愛してる、とは言えないが、結婚するにはいい相手だと思う。お前だって、俺のことを嫌ってはいないだろう。酔って、抱いてくれと甘えるくらいなんだから」

今それを持ち出すのか、と、士貴は軽く相手を睨んだ。士貴の視線など、伊王野は痛くも痒《かゆ》くもなさそうだったが。

「お互い相手を気に入ってる。これからゆっくり時間をかけて付き合っていけば、俺たちはいいパートナーになると思うんだが。どうかな」

どうかな、と聞かれても返事に困る。あまりに急な展開だった。

「婚約して、お前はこの部屋に住めばいい。大学からもそう遠いわけじゃない。もちろん、その時は俺から親御さんに挨拶に行く。結婚を前提にお付き合いさせてください、ってな」

「いや、それは」

「悪い話じゃないはずだ。そうすればお前は、卒業を待たずにあの家を出られるんだ」

士貴は言葉を失い、伊王野を見つめた。伊王野も士貴を見つめている。からかいの色はなく、どこか気の毒がるような、情を感じる眼差《まなざ》しだった。

昨日、酔った士貴はいろいろ話したらしい。主に家庭の話だと、そういえば伊王野は言っていたのだったか。

「……俺、どこまで話しました？」

恐る恐る口にした問いかけに、伊王野はすぐには答えず、ちょっと微笑んだ。

相手の手が伸びてきて、士貴の頰に触れようとする。士貴がびくりと身を震わせたので、それはすぐに逸れ、肩を撫《な》でた。

「昨日はこうやって慰めたんだ。お前があんまり無防備に泣くから。自分は誰からも愛されていないんだと言っていたな。一族にとって、双子の姉がお姫様で、自分は後継ぎでもなんでもない。期待もされない。そのくせ、義務だけは課そうとする。おまけに他人からは完璧なアルファであることを求められる。金持ちのお坊ちゃんってのも、大変だな」

カッ、と頭に血が上った。初めて男に抱かれたことより、酔って何もかも他人にさらけ出したことの方が恥ずかしかった。しかも、よりによって伊王野にぶちまけたのだ。

士貴ができるならこうなりたいと思っていた、アルファの王に。

「俺だって完璧じゃない」

まるで、こちらの胸の内を覗《のぞ》いたかのように、伊王野は言った。

「俺にだって、心の屈託はある。悩みもコンプレックスも。外では自信家で通してるけどな。誰にも言えないと思ってた。でも、お前となら共有できると思う。完璧な人間なんて、完全無欠なアルファなんていない。俺たちは同じアルファとして、お互いを理解して支え合える。俺はそう思ってる」

自分が伊王野を支えられる自信はない。伊王野と付き合う、ましてや婚約やその先のことなんて想像できない。

でも、伊王野の言葉は今の士貴の心に染みた。

完全無欠なアルファなんていない。他ならぬアルファの王が言うのだ。その言葉は正しい。完璧じゃなくてもいいのだ。そう言われた気がした。

オセロの盤面が黒から白へ一気に塗り替わるように、士貴の心はその時、伊王野の言葉に塗り替えられたのだった。

伊王野となら、周囲から無条件に期待されるアルファの苦労を理解し合える。この人のそばでなら、士貴は自分の居場所を築けるかもしれない。

家庭という、誰もが持っているはずの居場所を。

目の前が開けたような気がした。まだ戸惑いのほうが大きいけれど、伊王野の言う通り、ゆっくり時間をかけて付き合えばいい。

「あの……」

「そう、難しく考えなくていい。まずは試してみないか」

士貴が答えようとした時、伊王野が先回りするように言葉を遮った。士貴に、断られると思ったのかもしれない。

「婚約と言っても、ただの口実だ。お前は息苦しい家から出られるし、俺はお節介な年寄りから孫だの知人の娘だのを紹介されずにすむ」

「口実……」

胸の中で膨らんでいたものが、不意に弾《はじ》けた。

「利害が一致してる、ってことでしょうか」

「その通りだ」

勇気を出して口にした問いを、相手はあっさり肯定する。

そうだ、伊王野が今しているのは、愛の告白ではない。お互いの利益の話、ビジネストークに過ぎない。

(何を期待してたんだ、俺は)

ゆっくり愛を育み、いつか幸せな家庭を築く。いつの間にか壮大な夢を見ていた自分に呆れ、自嘲した。

愛してはいないと、伊王野も言っていたではないか。愛情はないけれど、士貴は結婚相手として不足はない。若公グループの長男と婚約したとあれば、周りも黙るだろう。

何のことはない、一夜の過ちを口実に、士貴は利用されたのだ。

士貴の考えを裏付けるように、伊王野はさらに畳みかけた。

「一緒に住むと言っても、俺はあちこち飛び回ってるから、あまり家には帰ってこない。ここは好きに使ってくれていい。ただまあ、婚約するとなったら、派手な夜遊びは控えてほしいな。俺たちの関係はまだ公《おおやけ》にはしないつもりだが、マスコミがどこで嗅ぎつけてくるかわからない。婚約者がいるのに遊びまくってるんじゃ、お前も外聞が悪いし、俺も立場がない」

派手な遊びは控えて、でも節度を持って遊ぶならいいということか。浮気も公認するなんて、ずいぶん捌《さば》けている。

いや、彼も今までどおり遊ぶのかもしれない。この関係はあくまでもビジネスライクなもので、伊王野には最初から愛を育むつもりなんてないのだ。

士貴はたちまち家にいる時のような、惨《みじ》めな気持ちになった。

「どうだ？」

伊王野は、そんなこちらの内心など気づいていないようだった。すでに勝敗がわかっているような、自信ありげな表情をしていた。

ここで断ったら、どんな顔をするだろう。少し考えたが、伊王野は大して気にしない気がした。

そうか、残念だな。大して残念がっていない顔で肩でもすくめるに違いない。ディナーの相手にフラれてけろっとしていたみたいに。

断ったら、士貴には何も残らない。バイトや就職の話はなかったことになるだろうか。たとえ伊王野が気にせず雇ってくれたとしても、士貴が平静でいられないだろう。

伊王野の提案を受ければ、名前だけは彼の恋人、婚約者になれる。家を出られるし、両親も相手が彼なら文句は言えまい。士貴にとっても損はない。得することばかりだ。

「お試しの婚約、ってことでいいんでしょうか」

感情を排除して尋ねると、伊王野は唇の端だけを歪めて笑った。

「ああ、そうだな。お試し。結婚を前提に付き合って、ダメなら結婚しなければいい話だ。婚約は一つの契約だが、絶対じゃない。婚約して別れるカップルは、いくらでもいるだろう?」

それを聞いて士貴は、伊王野の何をどこまで信じればいいのかわからなくなった。

これが起き抜けの会話ではなく、しかも伊王野に抱かれたという衝撃的な事実を聞いた後でなければ、もう少し冷静な判断ができただろうし、どこまで本気で建前なのか、伊王野に真意を聞こうと考えたかもしれない。

でも今は、この場に相応しい考えは何ひとつ思い浮かばなかった。

「士貴。返事をくれ。俺の提案を受けるか、受けないか」

こんなに混乱しているのに、伊王野はここで答えを出せと言う。その性急さを咎める発想も、今の士貴にはない。

「……受け、ます」

首肯してそう答えた自分が、ずいぶん遠く感じられた。

「よかった。ありがとう」

けれど士貴が答えた途端、伊王野が今まで見たことのない笑顔を見せたので、それまでのためらいもショックも一瞬、忘れかけた。

屈託のない子供みたいな笑顔だ。心から安堵し、喜んだような。

甘やかな目でこちらを見るから、士貴はいたたまれずに目を逸らした。顔がひとりでに赤くなるのがわかる。

「……よろしく、お願いします」

「こちらこそ。……触ってもいいか」

さっき肩に触れた手が、また近づいてくる。こくりとうなずくと、今度はそっと士貴の頬を撫でた。

士貴はくすぐったさもあって、またびくりとしてしまったが、伊王野は離れなかった。

「キスしても？」

躊躇《ちゅうちょ》したが、すぐにうなずいた。昨日はそれ以上のことをしたのだ。今さら拒むこともあるまい。

相手を窺うと、ちょうど伊王野の顔が近づいてくるところだった。男臭いこの美貌を、昨日も間近で見たような気がする。

唇を押し当てて、すぐに離れた。士貴が無表情のままなのを見てクスッと笑い、また唇を合わせる。それから唇を優しく食《は》むようにして、何度も口づけられた。

「ん」

吐息に混じって声が漏れる。伊王野はその大きな手のひらで士貴のうなじを包み、なおもキスを続けた。

「……っ、伊王野さ……」

呼吸ができなくなるほど深く口づけされ、苦しさに身を捩《よじ》る。

「神門だ、士貴」

甘く、でも反抗を許さない威圧感を携えて、伊王野は士貴のうなじを撫でた。

「……神門、さん?」

「いい子だ」

素直に従えば、またふわりと、屈託のない笑顔を見せる。

こちらを見つめるその瞳があまりに優しくて、士貴は不安になった。

士貴が混乱を収める間もなく、事態はあれよあれよと進んでいった。

婚約を受ける、家を出て神門の自宅に住むと口約束したものの、実現するかどうかは半信半疑だった。

神門は前言を覆《くつがえ》したりしないだろう。問題は、士貴の家族である。

普段は士貴がいてもいなくても気にしないくせに、いざ息子が何かしようとすると必ず意見という名の文句を言ってくる。

士貴は家に帰宅して間もなく、まず母親に婚約のことを話した。

神門のマンションを出た後、本当は何もかもなかったことにしたかったが、ぐずぐずしていると本人が直接乗り込んできそうな勢いだった。

俺がご両親に直接説明する、というのを、最初は自分が話すとなだめたのだ。

「何かあれば連絡をくれ。二人の問題なんだから、遠慮なんてするなよ。話を聞いただけだが、お前の親は癖が強そうだから心配だ」

両親に反抗一つできない士貴が、ちゃんと自分たちの関係を伝えられるか心配だったのだろう。士貴も不安だ。だがこうなった以上は、前に進むしかない。

そしてやはり、不安は的中した。

「婚約ですって？　何馬鹿なこと言ってるの」

会わせたい人がいる、将来を考えていて、と言ったあたりから、母親の形相が変わった。

婚約するつもりだと告げると、目を吊り上げて馬鹿なことをと吐き捨てる。

「あなた、若公家の長男なのよ。勝手にそこらの馬の骨と結婚なんて、許されませんよ」

「馬の骨じゃない。伊王野神門だよ」

「知りませんよ！」

驚いたことに、母は伊王野神門が誰なのか、すぐにはわからなかった。

言葉を重ねて説明し、ようやく有名な若手実業家の顔と一致したようだが、母親の態度は変わらない。猜疑《さいぎ》に満ちた目で士貴を見る。

「学生のあなたが、どうやって知り合うのよ。絶対に誰かと勘違いしてるわよ。だいたい舞ちゃんの相手も決まってないのに、あなたが先に結婚なんて。順番ってものがあるのがわからないの？」

あとは母が文句を言うばかりで、それ以上は話を聞いてもらえず、仕方なく仕事から帰ってきた父親に話をした。

「伊王野神門って、あの伊王野か？　何だってそんな話になる？」

胡乱《うろん》そうにする父に、神門が士貴の大学の卒業生で、大学祭の関係で知り合ったことなどを一から説明した。

母親よりは冷静に話を聞いてくれたが、やはり半信半疑だった。

空気だった息子がややこしい話を持ちかけてきたと、迷惑そうでさえあった。

「お前はあいつにどういう教育をしてるんだ」

後で母に文句を言っているのを聞いた。大学生にもなってどういう教育もないものだが、仕事人間で、家庭のことはすべて母任せの父らしい言葉だった。

それまで士貴と家族が少しでもコミュニケーションを取っていて、この半年の神門との交流を話していれば、もう少し話はスムーズだったかもしれない。

とはいえ、士貴の家庭は昔からこうなのだから、今さら言っても仕方がない。

どうにもなりそうにないので、神門に連絡して援護を頼んだ。

自分の親すら説得できないなんて情けなくて、本当は彼に頼りたくなかったのだが、早々に連絡をしたのは正解だった。

「わかった。まずは親父《おやじ》さんに話をつけよう」

神門は快く了承してくれ、電話口から「頼ってくれてありがとう」と、嬉しそうな声で言った。彼は士貴を不甲斐《ふがい》なく思ってなどいない。頼って良かったのだと、その言葉だけで理解できた。

翌日にはもう、神門と父だけで会う約束が取り付けられていた。

父には家庭からではなく、会社経由で連絡をしたほうが有効だと、神門は判断したらしい。

どうやってか、父の会社の社長室に電話をして面談の約束をしたそうだ。

珍しく平日に早く帰ってきた父が、明日の夜に会うことになったと、忌々《いまいま》しそうに告げた。

「俺は伊王野神門って男は、どうにも生意気で好かないんだがな」

神門と父に直接の面識はなく、電話で話したのも今日が初めてのはずだ。しかし父は、若き成功者を快く思っていないらしい。

いきなり二人で話して、大丈夫なのかと不安になった。すぐに神門に連絡し、自分も同席すると言ったのだが、任せておいてくれと返されただけだった。

ところが翌晩、神門と面会して帰ってきた父は、態度が一変していた。

「あの男は面白い男だな。それに気持ちがいい。いい男を掴まえたじゃないか」

ほろ酔いの父は、士貴を見て上機嫌に言った。

「婚約と言わず、すぐ結婚してもいいんじゃないか？　まあ、卒業するまでは仕方がないか」

おまけに、結婚を促すようなことを口にするから、士貴も、それに迎えに出た母も啞然《あぜん》とする。

「でも、いきなり婚約だなんて。私は会ったことないし。こういうことは舞ちゃんが先でしょ。お姉ちゃんより先に弟が結婚するなんて話、聞いたことがないわ」

不満を漏らす母に、父は「うるさい」と一喝した。

「双子に後も先もあるか。相手はあの、伊王野神門だぞ。何の不満がある」

母は怯《ひる》み、それでもまだ口の中でブツブツ言っていたが、父は取り合わなかった。士貴に向き直り、

「母さんの娘べったりにも困ったものだな。神門君の言う通り、家を出て彼と暮らした方がお前のためにもいいかもしれんな」

などと言う。父は催眠術にでもかかっているのではないかと、わりと本気で考えた。

「ああいう面倒臭いオヤジと渡りをつけるのが、もともと俺の仕事だからな」

狐《きつね》につままれたような気持ちで神門に連絡をすると、相手はあっさり言ってのけた。

同居の話はもちろん、マスコミに追われる可能性を示唆して婚約は今のところ、非公開ということで納得してもらったという。

とにかく父を丸め込んだことで、あっという間に婚約と同居の話は進んだ。引っ越しも簡単だった。

「とりあえず、大事な物だけ持ってこい。後で取りに戻ってもいいし、必要ならこっちで揃《そろ》えればいい」

神門が言うので、翌週にはもう士貴は、必要な物を詰めた段ボールと共に神門のマンションに引っ越していた。

家を出る当日、父は仕事でもういなかったし、母は見送りにも出てこなかった。士貴が舞花の先を越したので、へそを曲げているらしい。

通いのお手伝いさんと、たまたま士貴の出がけに起きてきた舞花だけが見送ってくれた。

「結婚か。いいなあ」

寝ているのか起きているのか、姉のふわふわした調子はいつものことだ。

「婚約だよ。結婚はまだ」

「でもいいなあ。私も、早く結婚して家を出たい」

士貴は、ついまじまじと姉を見てしまった。

婿を取ってこの家を継ぐ話は、子供の頃から姉にも繰り返しされていたはずだ。母はたまに人前で舞花のことを、この子は総領娘だから、なんて言ったものだ。

結婚しても出られないのだと知っているはずなのだが、結婚の二文字にうっとりとした表情を見せる姉に、それ以上は何も言えなかった。

彼女にとってもこの家は窮屈なのだ。それはわかったが、今は自分のことに手いっぱいで姉を思いやる余裕もなかった。

大学祭の打ち上げから、まだ一週間ほどしか経っていない。

先々週、初めて男に抱かれて、でも一切覚えておらず、なのにその相手と婚約して同棲までするなんて。展開が急すぎる。まだ戸惑いがあった。

それでも、家を出られるのは素直に嬉しい。もう、夜の街や友人たちの家を、渡り歩かなくていいのだ。

解放感、それに神門と暮らすのだという不安と期待が混ざって、胸が高鳴った。

といっても、士貴がいくらかの荷物と共に引っ越して来たその日、神門は仕事で出張に行っていた。

あらかじめカードキーを渡され、マンションのコンシェルジュにも伝えられていたので、引っ越しはスムーズに終わった。

誰もいないマンションに一人で荷物を運び、レンタカーを返して、備え付けのウォークインクローゼットに荷物を収めると、数時間で引っ越しは終わった。

三つある部屋の一室を空けてもらい、そこが士貴の勉強部屋になった。

まだ家具は何もない。部屋の鍵《かぎ》と共に、必要な物を買えとクレジットカードを渡された。

「ベッドは一つじゃ嫌か？　嫌ならリビングのソファがベッドがわりになるから、俺がそっちに寝る。お前はとりあえず、俺のベッドを使え」

引っ越す前、神門が言っていた。誰かと一緒に寝るのは嫌ではないが、たまには一人でゆっくり寝たい。それに、神門と寝るのかと思うと緊張する。

ローティーンの頃から他人のベッドに潜り込んでいたから、誰かと寝ることに緊張を覚えるのは初めてだった。

彼に抱かれたことを覚えていないからか、それとも、相手が自分の尊敬する男だからか。

ともあれ、神門が帰ってくるのは明後日《あさって》だ。それまで一人でこの部屋に住むことになる。

二百平米を超す、ワンフロア占有のだだっ広いマンション。バスルームとトイレが二つずつある。

どの部屋もモデルハウスみたいに整然としていて、生活感がない。神門の寝室はまだ少し人の気配があるものの、ホテルの一室のように、どこか他人行儀に感じられた。

忙しくてあまり家には帰らないと言っていたのは、本当なのだ。

好きに使っていいと言われたが、家で自由にすることに慣れない士貴には、何をどうすればいいのかわからなかった。

週に二回、ハウスキーパーを頼んでいるそうだが、仕事の範疇《はんちゅう》は掃除と洗濯だけだ。

士貴の実家では、通いのお手伝いさんが頼めば何もかもやってくれた。友達の家に泊まる時はお茶を淹《い》れたり簡単な料理を作ることもあって、何もできないわけではないけれど、誰もいない家での過ごし方がわからない。

「大学も、今日こそは行かないと」

大学祭の打ち上げ以来、士貴は大学に行っていない。それどころではなかった、というのが半分、渋谷に会いたくないのがもう半分だ。

あの翌日、渋谷から「ちゃんと帰れた？」という短い連絡があった。神門の話では、酔っぱらって途中で帰ったということだから、心配してくれているのかもしれない。

酔って中座したことを詫《わ》び、ちゃんと帰れたが風邪を引いた、と返しておいた。

渋谷とは気の置けない友人だ。大学では一番の友人と言ってもいい。でもまだ、彼に婚約の話を打ち明けたものかどうか迷っていた。

婚約の話をしたら、必然的にあの夜の話も打ち明けることになる。たとえ士貴が黙っていても、勘のいい渋谷だから、何がしかの変化に気づくだろう。

アルファの自分が別のアルファに抱かれたのだと、友人に知らせるのは抵抗があった。

それに、神門との関係についてもあれこれ聞かれるだろう。いつの間にそんな関係にあったのか、一夜の過ちがあるにせよ、婚約を決意するほど仲を深めていたのか。

聞かれても、士貴には答えようがない。どうしてこうなったのか、自分だってまだよくわからないのだから。

「でももう、後には引けないんだよな」

広いリビングを所在なくうろつきながら、士貴はつぶやいた。

今日からここが士貴の家だ。これからここに住む。でも実感が湧かない。来年もここにいるという想像ができない。

ソファはゆったりとして座り心地がよく、よく晴れた窓の外は都心が一望できる。

素晴らしい環境なのに、士貴はしかし、少しもくつろげなかった。

二日後、神門が出張から帰ってきた。上海《シャンハイ》にいたそうで、パッケージに白い兎の絵が入ったミルクキャンディをお土産《みやげ》に買ってきてくれた。

「すまん。時間がなくて、これしか買えなかった」

玄関先まで出迎えた士貴に、神門は申し訳なさそうに言った。でも、出張なのに士貴にお土産を買ってきてくれたことが意外だったし、嬉しかった。

「いや、仕事なんですから、気を遣わないでください。ありがとうございます」

キャンディのパッケージを受け取って言うと、神門はわずかに目を見開き、それから屈託のない笑顔になった。

「ハグしていいか」

軽く手を広げて尋ねる。士貴は一瞬、返事に詰まった後、「どうぞ」と、努めて平静に答えた。神門はその反応にまたちょっと笑った後、士貴の身体に腕を回す。

がっしりとした胸板を押し付けられたそれは、ハグとは言えなかった。強い抱擁だ。

「ただいま」

耳元の優しい声に、予期せず喜びが広がる。抱きしめられ、ただいまと言われることがどうしてこんなに嬉しいのかわからなかった。

「お帰りなさい」

「引っ越しの時、留守にして悪かった」

「いえ。あ、最初はちょっと戸惑いましたが、ハウスキーパーが来た時に、家の中のことや共用設備のことも一通り、教えてもらったので」

特に不自由はなかった。

「荷物、持ちますよ」

玄関から神門のキャリーケースを運ぼうとすると、やんわりと制止され、軽くキスされた。

「は？」

そこでキスをする意味がわからない。

「お前は俺の部下じゃなく、恋人で婚約者だろ。気を遣うな」

「いや、ただ荷物を持とうとしただけですけど」

「あとその、よそよそしい敬語は禁止な」

言って、神門は右手にキャリーケースを抱え、左手で士貴の腰を抱いて廊下を歩き始めた。

マンションの廊下は広いので、二人並んでじゅうぶんに歩ける。

「お前、あの渋谷とか言ったか？　あいつにはぞんざいな態度だったよな。あれが素だろう。俺にも同様に接してくれ」

士貴は戸惑った。いきなり素を出せと言われて、わかりましたと出せるものではない。

しかし、神門の言っていることもわかる。すぐには無理だが、これから少しずつ距離を縮めていかねばならないだろう。

「善処します」

「やれたらやるわ、ってことか？」

「とりあえず、敬語はやめる。地を見せるのは……いきなりはむずかしい。伊王野さ……神門さんだって、俺にぜんぶ見せてるわけじゃないだろ」

「まあ、そうだな」

神門はあっさり認めた。それはそうだ。半年前からの付き合いがあるとはいえ、今までたまに食事をする程度の仲にすぎなかったのだ。

「それじゃ、急にじゃなくていい。俺も自分をさらけ出す努力をする。だからお前も、ちょっとずつ中身を見せてくれよ。あの晩みたいに、デレデレにデレたお前をまた見たい」

あの晩のことを持ち出され、士貴はため息をついた。赤くならない程度には、士貴もあの日のことを受け入れている。

「その話はやめてくれないか。俺は何も覚えてないんだ。記憶にないことをしつこく弄《いじ》られるのは気分が悪い。あと、女やオメガみたいにエスコートされるのも」

言って、腰に回された手を撥ねのけた。神門は「おっと」と、驚いたように手を上げる。

「悪かった。けど、女やオメガみたいに、ってのはアルファの偏見だな。俺はパートナーとスキンシップが取りたいだけだ。この十日以上も我慢して、やっとお前に触れられるのを楽しみにしてたんだから」

士貴は内心で、「調子のいい人だな」と呆れてしまった。まるで、士貴に恋焦がれていたようなセリフだ。でもそんなはずがないことはわかっている。

今は愛情はないけれど、これから育んでいきましょうという話だったのだ。

すると、調子のいいこの言葉も、愛を育むためのプロセスなのだろうか。

「キスしてもいいか」

リビングに入ると、甘ったるい声と眼差しで、また神門が尋ねてきた。

「どうぞ。いちいち断らなくていいよ。俺たちは恋人で、婚約者なんだろう」

こっちだって初心《うぶ》なわけじゃない。何度も断りを入れられると、自分が身構えているようで居心地が悪い。

士貴は半歩近づき、神門の口の端にキスをした。そうするために、わずかに踵《かかと》を浮かせなければならなかった。

「お帰り。お仕事お疲れ様。あと、これからよろしく」

驚いた顔をしている神門に、もう一度キスをする。まだ驚いているから、ざまあみろと思った……のはほんの一瞬で、次の瞬間には強引に腰を引き寄せられ、覆いかぶさるように唇を塞がれていた。

「ん、む……っ」

貪《むさぼ》るように、何度も角度を変えて口づけられる。冗談かと思ったが、神門は真顔でキスを続ける。彼の眼差しが熱を帯びていて、恋人の豹変《ひょうへん》に驚いた。

「ちょっと……ちょっと待ってくれよ」

シャツの裾をめくって、素肌に直接手が伸びてきたので、士貴は慌てて身を引いた。

「いきなりすぎだろ」

キスや抱擁はいいとして、それより先はちょっと待ってほしい。何の準備もしていないし、気持ちも整っていない。

「もしかして、今夜からするつもりなのか？　最後まで？」

神門のズボンの前立てがわずかに膨らんでいるのを見て、思わず身構えた。神門は降参、というように両手を上げる。

「しない、しない。悪かった。がっついた。お前があんまり可愛かったんで、つい我を忘れたんだ」

「おためごかしはいいよ」

士貴は相手を睨んだ。神門にとってはいつもの行為で、どうということもないのだろう。でも士貴にとっては重要なことなのだ。

「いや、おためごかしではないんだけどな」

「セックスは、最後までするのはちょっと待ってもらえないか。俺にとっては初めても同じだし、今まで当然だと思ってた役割を変えるのは勇気がいるんだ。もちろん努力はするし、挿入以外のことなら、今夜からでも可能だと思う」

士貴は至って真面目に伝えた。抱かれる勇気はないが、いつまでもそのままというわけにはいかないだろう。

浮気は公認だからといって、役割を放棄していいとは言われていない。前向きに努力する。ただ時間がほしい。

「セックスは、努力してやるものじゃないと思うがな。悪かった。こっちも、いきなり抱こうなんて思ってないよ。ただ、なんだ……とにかく、ちょっと柄になく興奮しただけだ」

「口とか手なら、できるけど」

神門の下腹部を示して提案したが、彼は軽くかぶりをふった。

「そんなこと望んでない。お前がしたくてたまらない、っていうなら話は別だが、そうじゃないならしなくていい。今も、これからもだ」

こちらを見下ろす眼差しは、先ほどの熱っぽさとは打って変わって冷めていて、今は憐《あわ》れむようだった。

「士貴、話をしよう。俺たちは決定的にコミュニケーションが足りてない。お前が身構えるのも無理はないんだ。ある日、朝起きたら見知らぬ部屋で、おまけに俺に抱かれたなんて言われて、次の週には婚約で同棲だ。これでお前をいきなり抱いたりしたら、俺はただの鬼畜だろ」

そこまで言うと士貴が被害者みたいだが、でも神門が言わんとしていることはわかる。お前は悪くない、怯むのは当たり前だと慰めてくれているのだ。

「今後のことも話し合わないといけない。ベッドはどうするかとか、生活のサイクルもな。話すことがたくさんあるな。まずは夕食にしよう。まだ食べてないって言ってたよな」

「うん。何も買ってない。料理はできるけど、得意ってわけじゃないし」

「俺もできるが、今はやりたくない。ピザでも取るか。お坊ちゃんは宅配ピザなんか食べたことないだろ」

「ないわけないだろ」

ふざけた調子で言う神門に士貴も軽く言い返して、ちょっと緊張がほぐれた。

それからピザを頼み、リビングのソファで夜景を見ながらビールで乾杯した。

「これからよろしくな」

「こちらこそ」

士貴が身構えたせいか、神門はそれから必要以上に士貴に触れることはなかった。

以前のように紳士的な態度で、出張先の上海の話などをして士貴の興味を盛り上げる。ただの先輩後輩だった頃に戻った気がして、士貴は内心でホッとしていた。

ピザを平らげ、ビールのストックを空にする間、いろいろなことを話し合った。

神門は、渡したカードで士貴が何も買っていないと知ると、ちょっと呆れた。

「勉強机とか、あれこれ必要なものはあるだろ」

「うん。おいおい揃えていけばいいかなって」

「のんびりしてるな」

そういうわけではないが、何を選んでいいのかわからなかった。小物なら自分で買ったことがあるが、大きな家具は与えられるばかりで、自分で選んだことがなかったのだ。

好きに買えばいい、と神門は言うだろう。彼は士貴に、様々な選択と自由を与えてくれる。

でも士貴は、初めて与えられたそれらに戸惑うばかりだ。

(考えてみたら、大学生にもなって家具も選べないなんてどうかしてるよな)

あんなに家を出たいと思っていたのに、いざ自由になったら一人で何もできないなんて。

不甲斐ないし、こんなことではだめだと思う。

「明日、勉強机を見に行ってみる。ネットより実際に店舗で見たほうがいいだろうし」

一人で決意をして、士貴は宣言した。

「明後日じゃだめか？　どうせなら一緒に見に行かないか」

意外な提案に、少し驚いた。神門は多忙なのに。

「明後日なら、時間が取れるんだ。本当なら、出張翌日の明日に休みを欲しいところなんだが。お前の部屋の家具もそうだが、新しく生活を始めるんだ。何かと必要なものがあるかもしれないだろ。一人だと、何が必要なのか悩むんだ。俺の経験からするとだが。でも二人ならいろいろ話し合える。それに、二人で選ぶほうが恋人っぽい」

神門の提案は興味をそそられた。彼が楽しそうに喋《しゃべ》るからかもしれない。

「うん。俺の部屋の家具も、一緒に選んでほしい。こういうの初めてだから、どう選んでいいのかわからないんだ」

素直に打ち明けたが、神門はもちろんからかったりしなかった。

「よし。じゃあ、明後日な」

ちょっと嬉しそうに言って、ビールを掲げる。息子とキャッチボールの約束をする父親みたいだ。彼を父親、というのは可哀想だが。

ベッドを別にするか一つにするか、という問題はその日の夜に解決した。

夕食を終え、ビールから食後のコーヒーを挟んでワインになった。美味しいチーズとワインに士貴がすっかりくつろいだ頃、

「とりあえず、今日は試しに同じベッドで寝てみるか。何もしないから」

さも話のついでのように、神門が切り出した。

「最初に寝室を離すと、それっきりになる予感がする。一緒に寝てみて、どうしても我慢できなかったらベッドを分けるとか、寝室を分けるとかしてみよう」

神門の声には性的なことを匂わせるものはなく、単純に同居の取り決めをする口調だったので、士貴も素直にうなずいた。それからこの状況を俯瞰《ふかん》的に眺めて、少し笑ってしまう。

「なんだ?」

「いや。不思議だなと思って。こんなふうに、あなたと生活のことで話し合うなんて、以前は想像してなかったから」

大学祭が終わって、神門と無関係になるのを寂しく思い、彼の会社に誘われてまた接点ができると喜んでいた。ただそれだけだったのに。

「友人の家を渡り歩いてたけど、家族以外と一緒に暮らすのは初めてだから。話し合ってルールを決めるのも」

「俺もだ。遊び相手は大勢いたが、母親以外と暮らすのはお前が初めてだ」

だから少し戸惑っている、と神門が言うのを聞いて、新鮮に感じた。

「神門さんでも、戸惑うんだ」

「人を何だと思ってる。俺だって人間だよ。戸惑うしビビるし、婚約者に嫌われないようにビクビクもする」

士貴に嫌われることを恐れるなんて。新鮮を通り越して大きな衝撃だ。

「婚約の話は、かなり強引だったからな。必要な行動だと思ってるし後悔はしていないが、お前には悪いことをしたと思う。お前がまだ戸惑ってるのもわかってる。新しい生活に慣れるのには、時間が必要だろう。俺も焦らず、少しずつ距離を縮めるように努力する。いつか、俺と一緒になって良かったとお前が思えるように頑張るから、許してくれ」

神に贖罪《しょくざい》を請う信教者のように、真剣な口調だった。婚約の話を持ちかけた時、あんなに自信満々だったのに。

神門にとって士貴は、ただの都合がいい相手のはずだ。都合にもいろいろある。遊びに都合のいい相手、たまに呼び出すのに便利な相手、それから結婚するのに都合のいい相手。

そこに愛情はないはずだ。合理性で選ぶのだから、愛は必須ではない。

両親も、祖父母だってそうだった。彼ら夫婦の間に愛を見たり感じたりしたことは一度もないし、それがなくても結婚をし、子孫を繁栄させることはできる。

でも神門は、士貴と愛情を育もうとしている。上《うわ》っ面《つら》なポーズではない、恐らく真剣に。

「本当に？　これは、お試しの婚約だろ？　嫌になったらすぐ解消できる」

「嫌になったらな。そうならないように努力する」

「他に好きな人ができるかもしれない」

士貴は、面倒くさいことを言っている自覚があった。自分は今、ひどく怖がっている。これから始まる生活がひどいことにならないか、あるいは楽しかったのに、急に捨てられたりしないかと。

神門はそんな士貴の怯えを、よく理解しているようだった。士貴の言葉を面倒臭がることなく、誠実に答えてくれた。

「そうなったら、なった時に考えよう。奴隷《どれい》契約じゃないんだ、他に相手がいるのに無理に関係を続ける必要はない。でも、今はそうじゃないだろ。別れる時のことを考えるんじゃなくて、別れなくていいように、二人で幸せになれる方法を考えよう。俺も努力するから、できればお前も考えてくれると嬉しい」

その真剣な言葉を聞いて、士貴は子供みたいにこくりとうなずいた。

どうすれば幸せになれるのか、士貴には見当がつかなかった。誰かを好きになったことはないし、真剣に愛されたこともない。それに、どんなに努力をしたところで、家族の誰にも愛されなかった。

でも、神門は違うかもしれない。彼は士貴を愛そうとしてくれている。士貴も愛される努力をすれば、願いはかなうかもしれないのだ。

うなずいた士貴を見て、神門は目を細めた。

「よし。じゃあまずは、形からだな」

「形？」

「そう。形から入るのは大事だぞ。まず、同じベッドで寝る」

そういう意味か、と士貴は笑った。

「いびきがうるさかったら、別にしていいんだろ」

「耐えられないくらいだったらな。俺はかかないぞ、たぶん。寝相もいい……とは言えないが、そうひどくはないはずだ」

「今夜、検証してみる」

「お互いにな。それから明後日、一緒に家具を選ぶ。家具だけじゃなくて、新しい生活に必要なものとか、必要じゃないものとか」

「なんだそれ」

士貴は笑った。

「例えばお揃いのマグカップとか、パジャマとかな」

「うわ。俺、寝る時はTシャツ派なんだけど」

「俺は裸」

「えーっ」

「冗談だ」

神門は寝る時の装いにこだわりはないそうだ。

二人でくだらない冗談を言い合うのは、不思議な感じがした。でも楽しかったし、これからもいいことがありそうな気がする。幸せの予感だったかもしれない。

それまではただただ戸惑い、迷路を彷徨《さまよ》っていた気分だった。でもさっき、神門が愛情を育む努力をすると言った時、不意に迷路の出口が現れた。

迷路を出て新しい世界に飛び込むのだと、ワクワクした気持ちさえある。

その夜、二人は同じベッドで眠った。

士貴は記憶がないから、これが初めてだ。それぞれ風呂に入っている間も緊張していた。いびきをかいたらどうしようとか、友人の家に泊まる時には考えなかった心配までしていたのに、神門にあっさり裏切られた。

急な海外出張で、神門はよほど疲れていたらしい。

「おやすみのキスをしてもいいか？」

二人でベッドに入り、からかう口調でまた尋ねてきたので、士貴もまた自分から神門の唇にキスをした。神門は笑い、士貴の唇と額にキスを返した。

「おやすみ」

「……おやすみ」

と、士貴が答えたのも聞こえていなかったかもしれない。五秒後には寝息が聞こえていた。

「マジで？」

思わず声を上げたが、答えはない。本当に神門は眠っていた。士貴がゴソゴソ上掛けを引き上げたり、もう一度「おやすみ」と言っても、ぴくりとも反応しない。

キスをしたらさすがに何か反応があるかと思ったが、やはり死んだように眠っていた。すごく疲れているのだ。本当なら、家に帰ってすぐ眠りたかったに違いない。

でもそんなことはおくびにも出さず、ピザを食べて酒を飲み、じっくり話をした。士貴のためだ。

神門のそうした努力と献身に気づいた時、士貴の中に今まで感じたことのなかった深い喜びが湧き出した。

嬉しい。心がふわふわしている。こんなことは生まれて初めてだ。

士貴は枕に頭を預け、隣で眠る男の横顔をじっと見つめた。

普段は隙のない野生のライオンみたいな男が、自分の隣で無防備に眠っている。見慣れた顔なのに、初めて見る気がした。

（本当に、顔が整ってるな）

鼻筋が真っすぐ通っていて、まつ毛が意外に長い。喉仏が大きい。

端正な顔の造作を一つ一つ確認する。そうするうちに、士貴もいつの間にか眠っていた。


翌日、神門は朝早くから仕事に出かけて行った。

士貴も久しぶりに大学に行き、授業を受ける。一週間以上も風邪を理由に休んでいたので、友人たちからは心配された。

その中には大学祭実行委員の幹部もいたが、あの晩、士貴が酔って神門と抜け出したことは知らなかったようだ。

渋谷の姿は一度も見かけなかった。

神門から婚約の話を持ちかけられた当初より、気持ちは落ち着いている。二人でこれから長く付き合っていく努力をするのだと、覚悟のようなものができて、渋谷にだけなら婚約の話を伝えてもいいかなと思っていた。

顔を合わせれば、あの晩のことも聞かれるだろう。そういう気構えがあったので、ちょっと拍子抜けする。

大学の授業を終えて、真っすぐ家に帰る。平日、いつもなら図書館で勉強した後、街に繰り出し夜遅くまで遊んでいるところだ。

これからはもう、無理に外で時間を潰す必要はない。

リビングでしばらく勉強した後、外に夕食を食べに行った。神門のためにテイクアウトの料理を買って戻ったが、彼は帰ってこない。

夜の十時頃になって、遅くなるから先に眠っていてくれと連絡があった。

そのことにちょっとがっかりして、がっかりしている自分に驚いた。そんなに神門に会いたかったのだろうか。

することもなくて、士貴は早々にベッドに入った。夜遊びばかりしていたので、かなりの宵っ張りだ。眠れないと思ったが、いつの間にか眠っていた。

神門がいつ帰ってきたのかもわからない。

「よく寝るなあ」

おかしそうな声と共に頬をツンツンとつつかれ、はっと目が覚めた。

「神門、さん。帰ったの」

「昨日な」

いつの間にか朝になっていた。薄いカーテンの向こうから、朝日がいっぱいに差し込んでいる。そういえば昨日は、遮光カーテンを閉めずに眠ったのだ。

「ごめん。ぜんぜん気づかなかった」

「いいんだ。その方がこっちも気を遣わなくてすむから助かる。それより、おはようのキスしてもいいか」

真顔で言うから、笑ってしまった。いいよと答えると、軽く戯れるようなキスをされた。

「これから朝メシを作るんだが、お前も食うかなと思って」

それで起こしにきたらしい。時計を見ると九時で、十時間近く眠っていたことになる。家でこんなにのんびり寝たことはなかった。

食べると答えると、コーヒーか紅茶か、目玉焼きの焼き加減の好み、卵はいくつにするかなど、細かく聞かれた。

士貴が寝室の隣のバスルームでシャワーを浴び、ダイニングキッチンに行くと、腕まくりをした神門がカップにコーヒーを注いでいるところだった。

テーブルにはトーストとベーコンエッグの他、サラダと果物まであった。

「すごい。豪華だね」

「ってほどでもないけどな。休みの日だけだ」

その休みも、ほとんどないらしい。でも今日は一日、予定を空けてくれた。

士貴の家具を選び、買い物をするためだ。

「平日だから混まないと思うが、昼前に出かけよう」

朝食を食べながら、今日の予定を立てた。朝食の後、神門は仕事のメールをチェックし、電話を何本かかける。でもそれで仕事はおしまいで、二人は神門の運転する車で出かけた。

最初の行き先は、都内のインテリアショップだ。輸入家具から国内メーカーまで幅広く取り揃えた大型店である。実に様々なインテリアがあって、見ているだけでも楽しい。

今のところ必要なのは勉強机だけだったが、店中を隅々《すみずみ》まで見て回り、机の他に本を置くラックと、自室でくつろぐためのカウチを買った。

机はシンプルだがしっかりとしたつくりの書斎机で、神門と二人で悩んだ末に決めた。カウチは士貴が一目見て気に入ったものだ。神門がカウチに合うラグを見つけ、それも買った。

家具選びを終えると、今度はインテリアショップの近くにあるショッピングモールへ移動した。そこで雑貨店や電器店を回り、必要なものや、大して必要のなさそうなものまであれこれ買い足した。

それが終わると、同じショッピングモールで遅めのランチをとる。

「楽しかった。買い物って楽しいもんだな」

特別なことをしたわけでもないのに、とても充実した気分だ。

神門と一緒に来て正解だったと思う。一人ならこんなに楽しくなかったし、何を買っていいのかわからなかっただろう。

二人で、あの家具がいい、これもいいんじゃないかと話しながら決めるのが楽しい。

士貴が無邪気に喜んでいると、神門は少し意外そうに士貴を見た。

「あまり、こんなふうに買い物はしないのか？　通販がメインか」

「通販もするし、リアル店舗でも買い物をする。よく行くよ。でも、そうだな。最近は友達に付き合うことが多かったな。服なんかもあまり自分では買わないし」

普段着る服は自分で選ぶが、礼服は父と同じ店で仕立てることが決まっていて、父か母の好みに従って仕立てられる。何かの折々に採寸しに行く以外は、士貴が自分で生地を選ぶこともない。

あとはたまに、友達にねだられて彼らの欲しいものを買わされるくらいだ。

友人たちとは基本的に対等な関係だが、中には士貴の家が金持ちだからと、遠慮なく物をねだってくる相手もいる。士貴も宿を貸してもらったりするから、まあいいかとある程度は相手の希望を聞いていた。

「友達、ね」

神門が、含みを持った言い方でつぶやく。なんだよ、と士貴は相手を睨んだ。

「いいだろ、別に。セフレとか恋人っていうより、友達、くらいのほうがいいんだよ。友達で、たまにセックスするくらいの関係が」

「それがセフレなんじゃないのか」

神門はやれやれ、というように軽く片眉を引き上げる。

「セフレだと、セックスしなくなったら友達じゃなくなるだろ。それも寂しいじゃないか」

奥まった席で周りに客もいないので、気兼ねなくこういう話ができる。

「お前は意外と寂しがり屋だよな」

しみじみとした声で神門は評する。士貴にそんな自覚はなかったから、「誰が」と目を吊り上げた。神門はそれをなだめるように、軽く両手を上げて見せた。

「からかってるわけじゃないぞ。ただ、出会った頃の印象とだいぶ違うなと思っただけで」

どんな印象だよ、と尋ねると負けになる気がする。黙っていると、神門が笑って頭を傾けた。士貴の顔を覗き込んで笑う。

「非の打ちどころのないアルファ、王子様って感じだったな。最初のメールからしてきっちり卒がなくて、会ってみたらやっぱり隙がなかった。金持ち喧嘩《けんか》せず、を地で行くみたいに、若いのに冷静で穏やかで、上手に遊んでそうで」

「あなたほどじゃない。それに、金持ちはあなただろ」

「あいにく、俺は育ちが悪くてね。それがコンプレックスでもあった。今でこそ、そこそこマナーも覚えたが、お前の年の頃は何もできてなかったし、礼儀だの作法だのクソだと思ってた」

神門の家は母子家庭で、経済的に苦労をしたと講演でも語っていた。その時はさらりと経歴を口にしただけだったが、実際に苦労したのだろう。

母親はオメガだったそうだ。発情期のあるオメガはなかなか正規の雇用を受けられない。オメガのひとり親家庭には光熱費や税率の軽減措置があるが、じゅうぶんではない。

「けどお前は、格式ばった店だろうと安い居酒屋だろうと、自然にその場所に合った振る舞いをする。別にそれをひけらかしもしないし、相手が不作法だろうと見とがめたりしない。育ちがいいってのはこういうことだと思ったんだ」

「何だか、気に食わないやつの話をしてるみたいだな」

まるで嫌われてるみたいだ。ちょっと拗《す》ねた顔をすると、神門は笑ってかぶりを振った。

「コンプレックスを刺激されたのは確かだが、気に食わないなら最初から、講演を引き受けて、お前を窓口にしたりしないよ。興味を覚えたきっかけってだけだ」

神門が士貴のメールに応じてくれたのも、そうした理由で興味をそそられたから、ということか。

若公グループの名前なんて、神門の前では役に立たないと思っていたが、渋谷の「行ける気がする」という根拠のない勘は、実は当たっていたと言える。

「悩みのなさそうな完璧なお坊ちゃんなのに、時々影が差す。どういう男なのかなとさらに興味が湧いた。あと、段取りがよくて仕事ができそうなんで、もうちょっと観察してみたいなと思ったんだ」

「観察してるうちに、こんなことになった、と」

「もっと近くで観察したくなったのさ。だから学生のバカ騒ぎにお前と参加したんだ」

笑いを含んだ目の奥に、何か真面目な色があった。なんだろうと、相手の言葉の続きを待っていた時、間が悪く料理が運ばれてきた。

それきり神門が話を蒸し返すことはなくて、士貴も自分から尋ねることはなくて、ランチは終わった。

その後、夕食は神門が作ってくれるというので、ショッピングモールの地下にあるスーパーで食材を買ってマンションに戻った。

購入した家具は、神門が配送の人員を手配してくれていて、士貴たちが帰るタイミングで部屋に運び込まれた。

インテリアが揃った部屋は、士貴の好みに仕上がって、なんだか初めて自分の部屋を与えられたみたいに嬉しかった。

「ありがとう、神門さん」

スタッフが帰ってから礼を言うと、神門は笑って、自分の頰を人差し指でつついた。

お礼のキスをしろ、ということらしい。甘酸っぱくて恋人みたいだ。いや、恋人なのだが。

これが神門ではなくかつての友人たち……自分が抱いていた相手になら、躊躇もせずむしろ自分からキスをしただろう。甘ったるい愛の言葉の一つも上乗せして。

なのに神門に対してだと、どうしてか照れくささが勝ってしまう。そういう自分を知られたくなくて、士貴はできるだけ自然に、余裕ぶって神門に近づいたつもりだった。

頰にキスをして、ありがとうと伝える。でも最後の最後で恥ずかしくて、目を逸らしてしまった。

「ほんと可愛いな、お前」

途端、感心したように言われた。

「はあ？」

何言ってんだと言い返そうとした時には、もう神門に抱き締められていた。逞しい男の腕に、自分はすっぽり収まってしまう。

長身で、体型だってそれなりに逞しいはずの、アルファの男が。

恥ずかしくて、でも甘くくすぐったい感覚だった。逞しい腕に包まれていると、ほっと安心する。つと、相手に頭をあずけた。耳元で、神門が大げさなため息をつく。

「可愛いな。クソ可愛い」

士貴を抱きしめ、ゆらゆらと揺れながら神門がつぶやく。

「俺、アルファなんだけど」

「性別は関係ないだろ。可愛いもんは可愛い。お前は可愛がるより、可愛がられるほうが似合ってるよ」

「なんだそれ」

相手の腕から抜け出して睨んだが、神門の言葉が正しいと士貴も思っていた。

たくさんのベータやオメガを抱いてきた。自分はアルファだから、組み敷かれるのではなく組み敷く側だと思っていた。もちろん、男のアルファだって抱かれる側になることもあるが、自分は違うと勝手な固定観念があった。

でも、頭のどこかにはいつも違和感があったのだ。今こうして、自分より逞しい男に抱き締められていると、不思議なほどしっくりくる。

自分は誰かに甘やかされて愛され、抱かれたかったのかもしれない。

相手が神門でよかった。何も覚えていないけれど、初めて自分を抱いた男が神門だったことに、今は感謝したい気持ちだった。

夕食に、神門が分厚い肉を焼いてくれた。付け合わせやスープまで作って、テーブルも綺《き》麗《れい》にセッティングした。キッチンにあるミニワインセラーからとっておきだというワインを出して開ける。

ダイニングからも夜景が見下ろせて、レストランでデートしているみたいだった。

神門の料理も美味《うま》かった。肉の焼き加減は絶妙で、付け合わせの野菜まで美味しい。

「レストランでバイトしてたからな」

士貴が褒めると、神門はそう答えた。学校に通いながら様々なバイトをして、レストランはそのうちの一つだそうだ。

「中学生の時が一番、大変だったたな。うちは生活保護を受けてたんだが、母の抑制剤を買うと金が足りなくなっちまう。抑制剤は当時、医療費として認められなかったから、生活保護受給者でも自腹だったんだ。バイトをするとその分、受給額が減らされるし」

それで少年時代の神門は、どうにか大人にバレないように金を作ろうと考え、そこら辺のゴミを拾ってきて掃除や修理をし、フリマサイトで売ったり、他にも元手ゼロでネット上で売れそうなものを考えて売った。

「それが今の会社の原点、って言えば原点かな」

「……すごいな」

士貴の人生とはまるで違う。同じアルファで、士貴が同じ境遇に置かれたとしても、神門のようにはできないだろう。誰にもできない、他ならぬ伊王野神門だからこそ、ここまで来たのだ。

「運が良かったんだ。周りに恵まれて、もちろん努力もした。あと、俺の才能もあるけどな」

最後の言葉を偉そうに言い、自信たっぷりな口調に士貴は笑った。

自信満々で、でもきちんと自分の足元は見ている、神門はやっぱりすごい男だと思う。

夕食はそんなふうに、これまでの二人の間にはなかった話題を挟みながら、それでも終始和やかに終わった。

空気が変わったのは、食事を終えてコーヒーを飲むためにリビングに移動してからだ。

「話がある」

コーヒーを運んできた神門が改まった声音で言うので、どきりとした。

彼の表情から、何か言いにくいことを言おうとしているのだということはわかった。

即座に、士貴の脳裏にいく通りもの想像が駆け巡る。

やっぱり婚約できないとか。家具も買って同居の準備も整ったのに？　婚約はするけど結婚はしない、もしくは仮面夫婦で愛情を期待しないでほしいと釘を刺したいとか？

それまでの時間が楽しかっただけに、次に何を言われるのか恐ろしかった。

「士貴」

呼ばれてビクッと身体が揺れる。いつの間にか、神門が隣に座っていた。ソファテーブルにはコーヒーカップが置かれ、優しいコーヒーの香りが漂ってくる。

「すまない」

謝罪の言葉が、士貴の心に冷たく刺さった。こんなに楽しかったのに、別れ話かもしれないと絶望する。

しかし、強張《こわば》る士貴の肩に腕を回し、神門は優しく抱き寄せた。それから士貴の恐怖や絶望を取り除こうとするように、そっと肩を撫でる。

「昼の話を覚えてるか？　打ち上げにお前と参加した話だ」

ランチを食べていた時に出た話題だ。途中で料理がきて、あれきりになっていた。

士貴が小さくうなずくと、こめかみに小さくキスをされた。どうやら別れ話ではなさそうだ。ホッとした。

「素のお前が見てみたかった。いや、正直に言うべきだよな。羽目を外して本音を晒してるお前を見てやろうと思ったんだ。俺には決して隙を見せない王子様が本当はどんな人間なのか、暴いてやろうっていう、ちょっと意地悪な考えで参加したんだよ」

打ち上げに積極的に参加したのは、そんな理由だったのか。

「そこまで俺のこと、意識してると思わなかった」

心底意外に思って言うと、神門は呆れともつかない表情で眉尻を下げた。

「意識してなけりゃ、ただの大学の後輩のために時間は割かないだろ」

「面倒見がいいのかなと」

神門はそれに、喉の奥で笑った。だがすぐに真顔になり、

「それで、さんざん酒も飲ませた。すまん」

どうりであの夜、甲斐甲斐しくお替わりをくれると思っていた。酒も濃いと感じたのは気のせいではなかったのだ。もっとも、それに気づかなかった自分もたいがい鈍感だったが。

「そこまでして暴いて、俺の中身が存外ショボくてがっかりしただろ」

「可愛かったよ」

不貞腐れて言ったのに、甘い声が返ってきて、どきりとした。

「お前、相当酔ってたのに、ここに来るまでしゃっきりしてたんだよ。玄関に入った途端にべろべろになった。いつも人前では気を張ってるんだなと思って、少し気の毒になった」

このソファで介抱して、甘やかしたら士貴は今度はぐずぐずになった。神門に聞かれるまま、素直に自分のことを話し始めた。

「爽やかで隙のない王子様なのにな。可愛くて可哀そうになって、もっと甘やかしたくなったんだ。抱きたいと言ったら抱いてくれと言われて、二人でシャワーを浴びた」

「もういいよ」

あの夜に何があったのかはもう聞いた。詳細に語らなくていいと言ったのだが、神門は「聞

いてくれ」と、真剣な声で言って話を続けた。

「ベッドに行って、初めてだっていうから、後ろをじっくり慣らしてやったんだ。怖がって俺に縋《すが》ってくるのも可愛かった。早くぶち込みたくて、自分を抑えるのに必死だった」

「あんたなあ」

「そこまでしたのに、お前は途中で寝落ちしたんだ。俺の指を尻にくわえ込んだまま」

あけすけな単語に意識を取られ、言葉の意味をすっかり理解するのに数秒必要だった。

「え？」

士貴は、神門の顔を見つめた。神門は気まずそうな顔をしていた。しかし意を決したようにこちらへ向き直り、「悪かった」と頭を下げた。

「あの晩、最後まではヤッてない」

ポカンとしてしまった。

「え、でも、俺。起きたら尻に違和感があって」

「俺のを入れたって言ったろ。太くて長いやつ」

神門が中指を立てるから、思わずそれを叩いてしまった。

「なんで、そんな嘘」

最後までしてないのにヤッたなんて、神門にとって不利でしかないのに。

「理由は話しただろ。あれは嘘じゃない。お前と婚約するのにちょうどいい理由だと思ったんだ。ヤッてないって言ったら、お前は話に乗ってこなかっただろう」

そうかもしれない。前の晩が未遂だと知っていたら、あんなに混乱しなかったし、婚約の話ももっと慎重に考えていたかもしれない。

「すまない。申し訳なかった」

頭を下げる男は、それでも許してくれとは言わなかった。士貴はどうしていいかわからず、男のつむじを見つめる。

「どうして今、それを言うんだ？　黙ってればよかったのに」

士貴は嫌な予感がして、身構えてしまった。けれどそれは杞憂《きゆう》だった。

神門は顔を上げると、真っすぐに真剣な表情で士貴を見つめた。

「最初は俺もそう思っていた。欲しいものを手に入れるためなら、嘘の一つや二ついても良心は痛まない。今まではそうだった。でもお前には誠実でいたいと思ったんだ。お前が素直に喜んだり、俺に礼を言うのを見て。本当に嬉しそうにするから」

ほだされたんだ。神門はつぶやいた。

少し不貞腐れたような、子供っぽい口調は、士貴が初めて聞くものだ。士貴が神門の前で取り繕《つくろ》わなくなったように、神門も素の自分を見せてくれているのかもしれない。

「お前には誠実でいたいと思って、本当のことを話した。許してくれとは言わない。ただ、あの晩のことを知った上で改めて婚約を申し込みたかったんだ」

神門は言い、尻のポケットから何かを取り出した。手のひらサイズのそれは、リングケースだった。

「俺の恋人になってほしい。そしてできれば、お前が大学を卒業して、仕事も落ち着いたら結婚したい」

差し出されたそれを、士貴はじっと見つめた。神門は文字通り、固唾《かたず》を呑んで見守っている。その真剣な表情を見て、不意に緊張が解けた。

「夜景の見える場所でプロポーズなんて、ベタだな」

士貴は笑ってリングケースを受け取った。神門がホッとした顔をする。

箱を開けると、プラチナのシンプルなリングが二つ入っていた。誰かから指輪を贈られたのは、生まれて初めてだ。

「指にはめてもいいか」

宝物を見つめるように指輪を眺めていると、神門に声をかけられた。士貴はおずおずとうなずき、左手を差し出す。

その手を取って、神門は甲にキスをした。顔を上げてこちらを見つめる。熱っぽい眼差しに士貴の身体も熱くなった。

小さい方のリングを、神門が士貴の指にはめる。もう一方のリングは、士貴が神門の指にはめた。

「キスしていいか」

「いちいち聞かなくていいよ。もう、恋人なんだから」

言うと、神門は士貴の手を握ってキスをした。熱い指が左手の薬指をなぞる。

「ん……」

甘やかな口づけに、士貴は陶然となった。幸せだ。そう、これを幸せというのだろう。

長いキスの後、唇と共に身体が離れていくのを、名残惜《なごり》しく思った。もっと神門に触れていたいのに。

だからもう一度、自分からキスをした。キスをして離れ、すると神門がまたキスを返す。

そうして何度もキスをしているうちに、身体の奥が熱くなってくる。神門も同じはずだ。

口づけをしながら彼の腕を撫でると、相手の喉の奥から深い息が漏れた。それでも、神門からそれ以上の行為を誘ってくることはなかった。

「婚前交渉《じ》はしないのか?」

焦れた士貴が自分から誘うと、相手は大きく目を見開いた。

目の前にぶら下げられた肉を食べていいぞと言われたような、飢えた目になる。

「……いいのか」

掠《かす》れた声でつぶやいた。抱かせてくれるのか、という意味だ。士貴はうなずいた。

まだ少し怖い。あの晩は何もなくて、今夜が初めてなのだと知れば余計に。

でもきっと、神門は優しく士貴を溶かしてくれるだろう。

「このまま何もないのは、つらいよ」

抱いてほしいとは言えなくて、ようやくそれだけ言った。神門は士貴の腕を引き寄せ、抱き締める。何かをこらえるように、深く呼吸するのが聞こえた。

「今からいいか」

辛抱強く、神門は確認する。けれど士貴がうなずくと、それ以上は我慢しなかった。

ソファから立ち上がり、士貴の手を引く。士貴は誘われるままリビングを出た。


一緒にシャワーを浴びようと言う神門に、士貴はどうしてもうなずけなくて、結局別々に入ることになった。

廊下で別れ、神門は寝室へ行き、士貴は玄関の近くにある広い方のバスルームへ向かった。

抱かれるのは初めてだが、場数は踏んでいるからそれなりに心得はある。準備の仕方だってわかっているつもりだ。

なのに、神門と別れて一人バスルームに閉じこもると、それきり出られなくなってしまった。出る勇気がない。

心臓がバクバクして、自分がとんでもないことをやろうとしている気分になる。

(俺、こんなに意気地《いくじ》がなかったか?)

肌がふやけそうになるまでシャワーを浴びながら、士貴は弱気な自分にうろたえていた。

抱かれる時はみんな、こんなに緊張するものなのだろうか。初めてセックスをした時は、こんなものかと冷めていたくらいなのに。

「……大丈夫か?」

ずいぶん長いこと、バスルームにこもっていたらしい。

浴室の向こうから遠慮がちな神門の声が聞こえて、我に返った。

「あ、うん」

「酒を飲んだ後だったから、倒れてないかと思ってな」

「大丈夫。今、出るよ」

怖気《おじけ》づいたと思われたくなかった。普段通りの声を出して、シャワーを止めた。震えそうになる自分を叱咤《しった》し、浴室のドアを開ける。

バスローブ姿の神門がいて、出るなり士貴にもバスローブをかけてくれた。さらに濡《ぬ》れた髪にバスタオルを被《かぶ》せる。

「顔色は悪くないみたいだな」

「ごめん、長いこと……」

神門が髪を拭いてくれる。自分でやれる、と言おうとしたけど、気持ちがよくて身を任せてしまった。

「いや。こっちも邪魔して悪かった。緊張してるな？」

顔を覗き込んでくるから、士貴は少し苛立《いらだ》ってしまった。何でもないふりをしようとしているのに、どうして暴いてくるのか。

「だ……」

大丈夫だ、と相手を軽く睨みつけようとした時、それより早く「士貴」と、柔らかな声で呼ばれた。

「俺の前で強がらないでくれ。甘えてくれよ。俺はお前を可愛がりたいんだから」

そこに、からかいの色は微塵《みじん》もなかった。むしろ切実な響きさえあり、不安そうに、心配そうにこちらを見つめていた。

強がらなくていい。この男の前では、アルファでなくていい。儚げなオメガみたいに振舞っても、神門はアルファのくせに、なんて絶対に言わない。

すべてをこの男に預けるのは、まだ心細い。でもそんな不安さえ、彼は受け止めてくれるだろう。確信して、安堵する。

「……ほんとは、怖い」

それでも、本音を告げるのには勇気がいった。ゆっくり紡《つむ》ぐ士貴の声を、神門は焦れることなく聞いてくれる。

「でも、このまま中断するのは嫌なんだ。ちゃんと、あなたとしたい。俺は多分……あなたに惹《ひ》かれてるから」

そう、惹かれている。いつからかといえば、出会った時から。でも、気づかないふりをしていた。認めたくなかったのだ。この男の前では、オメガのようになってしまう自分を。

士貴の最後の言葉に、神門が大きく目を見開いた。次にくしゃりと顔を歪ませ、嬉しそうに笑うのを見た時、士貴は胸を摑まれるような強く切ない感情に見舞われた。

「嬉しいよ。ゆっくり進めよう。絶対に気持ちよくする。次からはお前の方から、やりたくてたまらないって乗っかってくるように」

「それはやだな」

思わず言うと、神門は口を開けて笑った。それからなぜか「よし」と、気合を入れると、士貴を両腕に抱え上げた。

「ちょ……おい、なんだよ」

士貴はうろたえる。お姫様抱っこだ。したことはあっても、されたことはない。

「最初だから、カッコつけようと思ったんだが。さすがに重いな」

「悪かったな」

顔をしかめて神門が言うから、つい言い返した。びっくりして、さっきまでの緊張が嘘みたいにほぐれていた。

神門はやっぱり笑って、士貴にキスをする。重い重いと顔をしかめるわりに、体勢は危なげがない。士貴を腕に抱き、しっかりとした足取りで寝室にたどり着いた。

恭《うやうや》しくベッドに下ろすと、サイドテーブルに用意されたよく冷えたミネラルウォーターのペットボトルを士貴に差し出す。

「姫、お飲みになりますか」

「誰が姫だよ。……飲む」

姫扱いに士貴は睨んだが、内心ではくすぐったい気持ちだった。

士貴が水を飲む間に、神門はベッドの隣にどっかり腰を下ろした。士貴が一瞬、身を強張らせると、すぐに気づいて優しいキスをする。

「可愛いな、士貴」

「……ありがとう」

むすっとした顔を作って答えると、神門はまた「可愛い」と言った。士貴の髪や頬を撫で、何度も軽いキスをする。

士貴がペットボトルをテーブルに置くと、キスの頻度が増した。

「緊張してるか？」

「……少し」

「手が冷たい」

キスの合間に、囁《ささや》くように短い言葉を交わし、神門は士貴の身体のあらゆるところに触れていく。

バスローブの帯を解かれた時、一瞬、身体が強張った。でも深刻になる前に、神門は士貴の鎖骨の下にキスをして、「胸板、ぶ厚いよな。なんかやってるのか」などとどうでもいいことを口にする。

「高校時代は水泳をやってた。本格的なのじゃなくて、身体づくりのために。大学に入ってからもたまに……っ」

胸の突起を啄《ついば》まれ、息を詰める。下から切れ長の鋭い目が覗き込んできて、どきどきした。

「普段、こっちはいじらないのか」

「俺はあまり。たまにいたずらで、いじりたがる相手はいるけど……っ、あっ、ちょっ」

言葉の途中で神門が強く乳首を吸い上げたので、思わず声が上がった。

「前の恋人の話をするのは、NGだからな。恋人じゃなくて、友達ってのもなしだ」

自分から話を振っておいて横暴だ。でも、嫉妬《しっと》されているようで嬉しい。そんなことを考えていたら、神門の唇は胸元を下り、いつの間にかへその下へと移動していた。

士貴のそこは、キスや愛撫《あいぶ》で緩く立ち上がっている。神門の息が先端にかかって、性器が震えた。

「口でされたことは？　あるよな」

「その話はNGなんだろ」

「なんだ、引っかからないか。お仕置きしようと思ってたのに」

「なんだよお仕置きって……っ」

笑ってやろうと思ったのに、笑えなかった。何の前触れもなく神門がぱくりと性器を咥《くわ》え、音を立てて吸い上げたからだ。

「あ……く……っ」

じゅぷじゅぷと、えげつない音を立てて出し入れされる。最初は乱暴に感じられるそれは巧みで、士貴は瞬く間に追い詰められた。

「おい……待っ……」

神門は待ってくれなかった。陰茎を吸い上げ、舌先で鈴口《すずぐち》を刺激する。手が根元を扱《しご》き、陰嚢《いんのう》をこねてさらなる刺激を与える。

抗うすべもなく、士貴は男の口の中で射精していた。

一瞬だった。時間にしてほんの一、二分。

「早いな」

顔を上げた神門がにやりと笑って士貴を見た。濡れた唇に赤い舌が覗く。色っぽい仕草に、達したばかりの腰が重くなる。

けれど、早いと言われてカッと顔が熱くなった。悔しい。そんなの、十代の頃だって言われたことはない。緊張も何もかも忘れて、相手を睨んだ。

「若いんだよ。あんたと違って」

「そうかそうか」

にんまり笑うのが、馬鹿にされているみたいでムカつく。ぱしっと軽く相手の肩を叩くと、神門は大げさに顔をしかめた。

「そうだな。若いよな、士貴クンは。じゃあ、すぐ復活できるよな」

挑発するように言って、神門は士貴の上体をベッドに転がした。仰向《あおむ》けにさせて、自分はその足の間に顔をうずめる。すぐに二度目の口淫《こういん》が始まった。

フェラチオ自体は、するのもされるのも慣れている。自分の足の間に人がうずくまる光景も見慣れていて、何の不安も感じなかった。

ただ、いつまでも士貴の後ろに触れようとしないので、別の懸案が浮上した。

今日は最後までしないのだろうか。

でも、ペットボトルが置かれたサイドボードには、ローションも準備されている。もしかして士貴が怯えたから、今夜は神門が抱かれる側になるのだろうか。そんな考えが、ちらりと頭をよぎった。

不穏な気配を感じたのかもしれない。口淫をほどこしていた神門が、不意に顔を上げた。

「何を考えてる？」

「え、いや。今夜は俺が神門さんに入れるのかなって」

その時の神門の顔は、たぶん一生忘れないだろう。神門は口をつぐみ、一瞬、呆然《ぼうぜん》として
いた。自分でも知らない弱点を突かれたような、ひどく情けない顔だ。

「……ふっ」

その顔がおかしくて、士貴は思わず笑ってしまった。ははっと声を上げると、相手がます
ます情けない顔をするから、余計におかしくなる。

「こら、笑うな。ビビらせやがって」

神門が睨んで覆いかぶさってくる。

「それ以上笑うと、お前のを飲んだ口でキスするぞ」

やだ、と士貴は笑って身をよじる。神門も笑いながら、無理やり唇を押しつけた。

士貴は、うえっ、と顔を背け、神門はどうだ、と得意げに笑う。

「本当にビビったんだからな。まあ、お前がどうしてもと言うなら、やらなくもないが」

「経験、あるんだ」

面白くなかった。不貞腐れて言うと、「あるか」と、すぐさまキレ気味に返された。

「あるわけないだろ。お前がどうしてもって言うなら、だ。……本当の本当に、どうしても
したいなら」

「……ふふっ」

方便ではないだろう。やると言ったら、彼は絶対にやる。

ビビった、というのも嘘ではなくて、でも士貴が望むなら許してくれるというのだ。

初めて抱かれることに不安を覚え、身構えていたのに、神門のその言葉のおかげで、すっかり不安は取り払われていた。かわりに愛《いと》おしさがこみあげてくる。

士貴は笑いながら、神門に抱きついた。

「ありがとう。そっちは、いいよ。とりあえず今夜は」

神門はホッとした顔をして、最後の言葉に情けなく眉尻を引き下げた。士貴が笑うと、「からかうな」と睨みながらも士貴を抱きしめる。

抱き合って笑ううちに、気持ちも落ち着いた。顔を上げると、神門が見下ろしている。その目が、「いいのか」と聞いている気がして、士貴は軽く肯定のキスをした。

無言の言葉は相手に伝わったらしい。神門の表情が優しく和み、キスを返された。何度か口づけされた後、バスローブをはがされた。

神門はさらに士貴の気を紛らわせるようにキスを施し、ローションを後ろへ塗りこめていく。でももう、不安には思わなかった。神門の「どうしてもしたいなら」と言った時の情けない顔を思い出すと、逆に笑えてくる。

「痛くないか」

ぬくぬくと指を出し入れしながら、神門が尋ねる。

「ん……気持ちいい、かも」

神門の指は自己申告通り、太く長さもあったが、医者のような大胆さと繊細さがあって、痛みは少しもなかった。陰嚢の裏の浅い部分を突《つ》いてくる。

「あの夜も、そう言ってて途中で寝たんだ」

「悪かったよ」

「いや、こっちも飲ませすぎたからな。前はこんなふうに勃《た》ってなかった」

愛撫されているうちに士貴の性器は反り返り、先端から蜜をこぼしていた。

神門はどうなのだろう。それまで自分のことばかりで、神門の様子にまで気を配っていなかった。神門もバスローブを纏《まと》っていたが、ふと視線を向けると、下腹部が不自然に盛り上がっていた。

神門が自分の痴態を見て興奮している。その事実が、士貴を高揚させた。

「もう、大丈夫だよ」

なおも丁寧に準備をする相手の袖を引き、控えめに告げた。神門は自分の下腹部を見下ろし、苦笑する。

「興奮しすぎて痛い」

言って、するりとバスローブの帯を解いた。逞しい裸体が露《あら》わになり、士貴は息を呑む。

「相手が俺でも、そんなになるんだ」

思わずつぶやくと、奇妙なことを言われた、というように訝《いぶか》しげな顔になった。

「お前のだから、こんなになるんだろ。お前が寝落ちした後、なだめるのに苦労したんだからな」

「だから、悪かったって」

ぐりぐりと戯れるように股間を押し付けてくるから、士貴は笑ってしまった。

「……いいか」

真剣な眼差しで確認され、無言でうなずいた。優しいキスの後、正面からゆっくりと神門が押し入ってくるのを、自分でも驚くほど自然に受け入れていた。

指なんかよりずっと太くて圧迫感があったが、それよりも神門と繋がれるという喜びの方が大きかった。

「大丈夫か?」

根元まで入れた後、大きく息をついてから神門が尋ねた。士貴の汗に濡れた額を、さらりと撫でる。優しい感触にうっとりした。

「うん。……なんか、嬉しい」

素直に本心を告げたのだが、身体の中で、びくりと神門の性器が震えた。ぐう、と神門がおかしな呻《うめ》きを上げて士貴の肩口に顔を伏せる。

「え、何?」

「ヤバいな、お前」

何がだ、と聞こうとして、聞けなかった。不意に突き上げられたからだ。

「おい、いきなり」

ゆっくりするって言ったくせに。いや、もう今までじゅうぶんにゆっくりで、丁寧だったけど。

「このままだと、お前の天然にやられそうだ」

「なんだそれは。俺は天然じゃないぞ」

言い返すと、ふっ、と馬鹿にしたように笑われた。むかつく。

もっと何か言ってやろうと思ったのに、突然始まった律動に別の声が出てしまった。

「あ、あ……っ?」

「悪くないみたいだな」

士貴の反応を見ながら腰を揺すって、神門は人の悪そうな笑みを浮かべた。士貴は相手を睨み、でもこの顔は好きだな、と心の中で思う。

優しく甘やかされるのも心地よいが、神門に意地悪く責められるのも好きかもしれない。

自分にそんな一面があるのを意外に思いながら、身体の中の神門を感じる。

「ん……ふ、ぅ」

大きくて苦しいくらいなのに、痛みはない。浅い部分を巧みに突かれ、次第に前をいじられるのとは別の快感がこみあげてくる。

「ん、すご……あっ」

気がつけば、自分から快感を追いかけていた。その動きに気づいた神門が、目を細めて律動を激しくする。

「やっぱりヤバいな、お前は。本当にこっちは初めてかよ」

腰を使う合間に、苦しそうに目を細めて言う。だからヤバいってなんだよ、とツッコむ余裕はこちらにはなかった。

けれど神門にも、先ほどまでの余裕はない。ならば士貴の身体もそう悪くはないということだろうか。

だったら嬉しい。胸が疼いて、ひとりでに後ろがきゅうっと締まった。神門が一瞬、焦ったように顔をしかめる。

わずかに体勢を変えると、二人の間で震える士貴の性器に触れた。突き上げながら、器用にそれを扱き上げる。

「ひ……あ、あっ」

同時に両方を刺激され、思考も何もかも手放すほどの快感に見舞われた。

士貴の反応に気を良くしたのか、神門はまた、にやりと悪そうな笑みを浮かべた。そのまま激しく士貴を追い上げる。

「ぃ……あ、あ、ん……っ」

自分の声だとは信じられないような、甘ったるい声が喉の奥から漏れた。気持ちいい。今までのセックスはただの前戯だったのだと思えるくらい、まったく経験したことのない快感だった。

「や、これ……神、門さ……」

自分が大きく変わってしまう予感がして、急に不安になった。男の首に腕を回して縋ると、彼は途端に意地の悪い笑みを消した。

「怖いか?」

泣いている子供を慰めるように、優しく覗き込む。

「ん、んっ」

「可愛いな、士貴。大丈夫だよ。何も怖がらなくていい。素直になっちまえ」

甘い声で言われ、目の縁にキスをされて、士貴は何もかもを神門に明け渡した。

「あ……ぁっ」

快感に素直に身を任せ、自ら雄を咥え込む。意識して後ろを締めると、神門は一瞬顔をしかめ、続いて獰猛に笑った。

肉を打つ音と二人分の荒い呼吸が部屋を満たし、もう快楽のことしか考えられなくなる。

あとは神門に導かれるままだった。

「ん、あぁ……っ」

大きく喉をのけぞらせ、士貴は射精した。神門がその身体を抱きしめ、食らいつくように士貴の喉に口づける。本当に、かみ殺されるかと思ってゾクゾクした。

倒錯した絶頂を味わうなか、神門も低く呻いて動きを止める。士貴の中の彼の性器がわずかに震えていた。

士貴は、自分に覆いかぶさる男の背に手を回す。肌が濡れて冷たい。士貴もうっすら汗をかいていた。

濡れた肌がこすれ合う感覚すら心地よく、初めて感じる充足と解放感に、士貴はしばらく言葉もなかった。


翌日は身体《からだ》がギシギシした。一度だけでは終わらなかったからだ。

それでも動けないほどではなかったのに、神門《みかど》からは「今日は一日、家でゆっくり休んでろ」と、言われた。本人は仕事に行くと言う。

その日の授業は、何が何でも行かなければならない、というほどでもなかったが、かといって休むほどの体調でもない。

「身体が辛《つら》いってほどでもないし、問題ないよ」

「いいや、あるね。そんな色っぽい顔して、外になんか出せるかよ。お前に何かあるんじゃないかって、一日中気になって仕事にならん」

頼むから家にいてくれ、と言われた。何の冗談だよと思ったが、神門は真剣だった。

呆《あき》れつつ、でも束縛されているようで嬉《うれ》しいなどと考えるあたり、士貴《しき》もおかしくなっているのかもしれない。

ともかくその日は一日、家にいた。色っぽいかどうかはともかく、確かに洗面所の鏡に映る自分の顔は、熱を帯びたようにほんのり上気していて、目が潤《うる》んでいた。いかにも何かあったという顔をしている。これで人前に出るのは恥ずかしい。

食事はケータリングで済ませ、夜は神門が夕食を買って早めに帰ってきた。

「ただいま。いい子にしてたみたいだな」

玄関まで迎えに出ると、いたずらっぽくそう言って、士貴にキスをして抱きしめる。

お帰り、ただいま、というやり取りと一連の儀式は新鮮でくすぐったく、士貴を幸せな気持ちにさせる。

さすがに次の日も休むわけにはいかないので、その日は食事をしてゆったり過ごし、何もせずに眠った。

そうして翌日、一日ぶりに家の外に出たのだが、景色が以前とは違って見えた。大袈裟《おおげさ》な表現ではない。本当に世界が一変して見えたのだ。

自分も、自分の目の前に広がる景色も、すべてが以前とは違っている気がする。

ただ神門に抱かれただけなのに、こんなにも変わるなんて。

（いや、違うか）

ただ抱かれただけではない。相手を好きになったからだ。

恋をして、その相手に優しく愛されたから、世界が変わったのだ。

なんて不思議で、幸せな感覚だろう。

どうりで、世の中の誰もかれもが恋に浮かれるはずだ。恋とは、人を好きになるということは、こんなにも心を一変させるものなのだ。

初めての経験に士貴は浮かれて、大学では気もそぞろだった。

神門からもらった婚約指輪は、チェーンを通して首に下げている。チェーンは、周到な神門が用意してくれたものだ。外でつけるつけないは士貴の自由だが、本格的な指輪をしていたら、大学の友人たちから詮索されるだろうから、という配慮だった。

神門もまだ、婚約を公《おおやけ》にしたくないので、お揃《そろ》いのチェーンに通して首から下げている。

指輪を見せびらかしたい気持ちもあったが、二人でこっそり同じ指輪を下げているのかと思うと、それはそれでわくわくする。

午前の授業を終えて昼食をどこで食べようか迷っていると、携帯電話が震えた。神門かと思い、気持ちが浮き立つ。

しかし、相手はミヤだった。ＳＮＳのメッセージに、発情期が終わったこと、いつでも来ていいよ、という内容が華やかな絵文字と共に送られてきた。

身体の付き合いのある友人たちのことを、すっかり忘れていた。

といっても、ミヤ以外は日常で連絡を取り合うことはない。士貴が泊めてほしいという時か、相手が何かしてほしい時だけ、連絡が来るのだ。お互いに連絡を取らないまま、自然消滅する友人は多い。

でもミヤは付き合いが長いし、身体の関係がなくても友人だ。十代の頃、もっと家のことで悩んでいた時に、夜の街で知り合って、いろいろと悩みも聞いてもらった。

ミヤにはきちんと、神門のことを説明するべきだろう。顔の見えないＳＮＳでは、うまく伝えられる気がしなくて、とりあえず「今度、食事に行こう」とだけ返した。

「士貴」

ミヤへの返信を終え、学生食堂へ向かっていると、後ろから肩を叩かれた。渋谷《しぶや》だった。

「あ、久しぶり」

つい意識して避けていたので、ぎこちなくなってしまった。

「久しぶり、じゃないよ」

渋谷は細い目を吊り上げる。

「一週間以上も休んで、ろくに返信もくれないんだから」

「ごめん」

心配してくれていたらしい。事情があるとはいえ、申し訳ないことをした。

「いろいろあって……」

顔を合わせたからには、彼にもそろそろ話しておくべきかもしれない。意を決したのだが、勘のいい友人は、士貴の「いろいろあって」の一言にピンと来たようだった。

「ちょっとちょっと。二人で話そうか」

半ば引きずられるようにして、大学近くのカラオケボックスに連れて行かれた。

渋谷はそこで、てきぱきとフリードリンクと食事を注文し、二人きりで話す環境を整える。

「伊王野《いおの》さんに、食われちゃったんだ」

何の前置きもなく指摘され、士貴は手にしていたウーロン茶をこぼしそうになった。

こちらのうろたえる様子を見て渋谷は、やっぱり、という顔をする。

「あの人、士貴のこと持ち帰る気満々だったもんね。まあ、こっちも気づいてて止めなかったんだけどさ」

「気づいてたのかよ」

士貴は一昨日《おととい》、神門に告白されるまで気づかなかったのに。それでも止めなかったという渋谷に、驚いていいのか呆れていいのかわからない。

「他の人は気づいてなかったと思うよ。士貴にお酒勧めるところも、すごく自然だったし。士貴が潰れて持ち帰る時も、下心なんてまったく見えなかったしね。アイドルさんも芸人さんも、伊王野さんって本当にいい人ですね、って感動してたよ」

しかし渋谷は、何となく気づいていたらしい。

「だって、伊王野さんって全方位的に紳士だし気さくに見えるけど、ビシッと線を引いてるだろ。にっこり笑って立ち入らせないみたいな。でも士貴にだけはなんか違う感じだったし。雰囲気が甘いっていうか」

よっぽど気に入ってるんだなと、大学祭当日の二人のやり取りを見た時から感じていたという。打ち上げの時は士貴を隣に従えて、何かと理由をつけて離さない。

これは食う気だなと、確信したそうだ。

「止めろよ。それは無理でも、一言くらい俺に教えてくれてもよかったんじゃないか」

さすがに呆れて言った。だって、と、渋谷は子供みたいに唇を尖《とが》らせる。別に可愛くない。

「俺もちょっと、教えようかなって思ったよ。その酒、濃すぎるんじゃない、とか。でも伊王野さんの、邪魔すんなオーラが怖かったんだもん。まあおかげで、伊王野さんの会社の面接を受けさせてもらえることになったけど」

「お前……」

友達を売りやがったな。士貴が思いきり睨《にら》むと、渋谷は焦ったように首を横に振った。

「ごめんて。でも、どうせ俺があの時教えても、士貴は信じてくれなかったと思うよ。アルファ同士だから、とかなんとか言って」

士貴はぐっと言葉に詰まった。そう言われればその通りなのだ。打ち上げの時点で渋谷から忠告されたとしても、笑い飛ばしていただろう。まさか自分が神門のターゲットになるなんて、考えてもみなかった。

「それに、相手がろくでもない男ならともかく、伊王野さんだから。士貴に新たなお友達が増えるくらいで、どうってことないと思ったんだよ。あの時は。それがあれ以来、ずっと顔を見せないし、連絡しても『大丈夫』としか返ってこないし。これでも心配したんだよ」

糸目の向こうに真面目《まじめ》な色があって、士貴は「ごめん」と謝った。

「伊王野さんに、ひどいことされてないよね」

「ひどいこと……は、されてない」

一昨日のことを思い出し、顔が熱くなる。口ごもると、渋谷も察したのか、

「あ、具体的な話はいいです」

と手のひらを向けて断った。それからホッとしたように肩の力を抜く。

「とりあえず、士貴が元気そうでよかったよ。大変なことになってなくて」

「ありがとうな。けど、大変なことには……なってるかな」

士貴は、神門と婚約したこと、ついでに先日から神門と同棲を始めたことを打ち明けた。

それに対する渋谷の反応は、

「は？」

だった。よほど驚いたのか、糸目を大きく見開いている。

「婚約、同棲？　え、そんなキャラだった？　伊王野さんも士貴も」

「キャラは関係ないだろ。結婚はまだ早いからさ。俺も学生だし。俺があんまり家族とうまくいってないって知って、だったらうちに来いって言ってくれて」

打ち上げの晩は何もなかったが、一昨日、既成事実ができた。指輪のプロポーズ付きで。

などと、甘い出来事は恥ずかしくて、渋谷には打ち明けられなかった。

「うちの父とも、話をつけてくれたんだ」

「それはすごい……けど、展開が早くない？」

「俺も驚いてる」

最初は受け止めきれなかった。でも今は落ち着いている。一昨日のことがあったからだ。

しかし、渋谷はまだうろたえたままだった。心配そうに士貴を見つめている。何がそんなに心配なのか、士貴にはわからない。

「そんなにおかしいかな。俺と神門さんとじゃ釣り合わないとか、そういうことか？」

「いや、釣り合わないことはないだろ。パワーカップルだと思うよ。けどなんか……なんだろう？」

途中で渋谷が首を傾《かし》げるので、士貴は「なんだよ」と笑った。

「ごめん。おめでとうって言うべきなんだろうけど、急展開すぎて不安だよ。相手があの、海千山千の伊王野神門っていうのが、なんかさ。何か企《たくら》んでそうで」

「失礼だな……って、俺も言いきれないけど」

渋谷の不安が、何となく理解できた。最初は士貴も信じられない気持ちだったのだ。

神門は億万長者で、おまけに男らしい美形で独身で、パーフェクトなアルファの王様だ。士貴でなくても、他にいくらでも結婚相手はいるはずだ。

なのにどうして、一晩過ごしただけの学生と婚約しようというのか、と誰もが思うだろう。

「恋愛感情があったわけじゃないんだ。ただ俺の人となりをそこそこ気に入ってくれて、おまけに金持ちのボンボンでガツガツしたところがないから、結婚相手としてちょうどいいんじゃないかって。そんなことを言われたよ」

「なんだそれ」

ひどくない？　と、渋谷の糸目が吊り上がる。

「ひどくないよ。俺も神門さんのことは尊敬してたけど、恋愛って意味じゃなかった。それに神門さんじゃなくても、どのみち親が決めた相手と結婚するんだ」

お互いの条件が合って、気も合いそうな相手と結婚する、その上で愛を育んでいこうという神門の申し出は、下手に愛を囁《ささや》くより誠実な気がする。

士貴がそのことを話すと、渋谷はまだ納得しきれない顔で、それでも「士貴がいいなら、いいけどさ」とつぶやいた。

「嫌なら離婚すればいいもんね」

「結婚前から離婚の話かよ」

笑ったが、友人が親身に心配してくれるのはありがたかった。

「まあとりあえず、おめでとう？」

「なんで疑問形なんだ」

「びっくりしてるんだよ。けど、何かあったら言ってくれよね。金も力もないけど、話は聞けると思う。ほんとに聞くだけで、何もしないけど」

最後の方は念を押すように言うから、士貴は呆れながらも笑ってしまった。

無責任に力になる、と言わないところが渋谷らしい。現実的で合理的な男なのだ。そして、現金でもある。

「士貴が何か権力持ったら、俺も引き立ててよ」

へらっと笑う渋谷はいつも通り、軽薄な男で、それ以上は神門について何も言わなかった。

士貴もその後、大学に戻って普段通りに授業を受けた。他には、取り立てて何もない一日だった。渋谷には、まだ誰にも言わないでくれと口止めしておいたから、話が広まる心配はないだろう。

ただ、渋谷から心配されたことが、いつまでも心の底に残っていた。幸せ気分に水を差されたとか、そんなことではない。

神門にプロポーズされ、優しく抱かれて、しばし現実を忘れていた。それが渋谷と話したことで戻ってきた。

士貴はもう、神門に惹《ひ》かれている。恋愛感情を彼に抱いている。もともと惹かれていたのに、甘やかされて優しくされて、すっかり恋に落ちてしまった。

でも神門は違う。世間知らずのお坊ちゃんがほだされたようには、簡単に恋に落ちてくれない。

まだ神門から一度も好きだと言われていないことに、士貴は渋谷に打ち明けた後に気がついた。

神門の心は、以前と同じままだろう。彼にとって士貴は、条件の合うパートナー、ただそれだけ。

納得して婚約したはずなのに、自分の恋心を自覚した後では、その現実がチクチクと士貴の胸を刺す。それでも、いつかはと考えて胸の痛みを宥《なだ》めた。

いつかはきっと、士貴と同じ気持ちを返してくれる日がくるだろう。このまま、一緒に暮らしていれば、たぶん。

（好きになってもらえなくてもいいだろ、別に。このままで、じゅうぶん幸せなんだから）

窮屈な家を出られた。優しい婚約者に守られて、これから自由に暮らしていける。そんなふうに自分に言い聞かせ、気持ちを切り替えた。

けれど、ざらりとした不安は胸の底にあって、いつまでも消えることはなかった。


新しい暮らしには、思っていたよりも早く順応した。

短い秋が終わって唐突な冬に移る頃には、神門のマンションはずっと以前から住んでいたかのように、士貴の身体に馴染《なじ》んでいた。

通いのハウスキーパーとも仲良くなったし、キッチンのエスプレッソマシンは神門よりもうまく使いこなしている。

料理も簡単なものから始め、少しずつレパートリーを増やしていった。元来が小器用なので、これはわりとすぐに上達した。

調理器具も買い足して、キッチンはすっかり士貴の仕様になっている。神門はもちろん、これに異を唱えることはなかった。そもそも、彼が家にいる時間はとても少ない。

最初の頃こそ、士貴のために早く帰ってきてくれたが、士貴が慣れてくると元の仕事中心の生活に戻った。

おかげで、家で一緒に過ごす時間はほとんどないが、士貴に不満はなかった。最初からそう言われていたし、彼がどれほど忙しいのかも、付き合う前から知っている。

それに、週に何日かは家の外で神門に会えた。

神門と同棲して一月《ひとつき》ほど経《た》った頃から、士貴は以前約束したとおり、神門の会社でアルバイトを始めていた。

自分の下で働く雑用、と神門自身も言っていたが、本当に雑用係だ。所属は秘書課で、でもまだ本当に簡単な仕事しかさせてもらっていない。

社長室内でのお茶汲《く》みとか、会食のない日の神門の食事の調達、簡単なおつかい、そんなことばかりだ。

会社に行っても、いつも神門に会えるわけではなかった。一日、出かけていることはざらだったし、家にも帰ってこない日もある。

それでも神門の会社は先進的で活気があり、社員もみんな優秀で勉強になる。

士貴と神門の婚約の話は、社内でもほんの数名の役員に限って知らされていた。神門の学生時代からの友人たちだ。

神門とまったくタイプが違う、どちらかといえばオタクっぽい、学生みたいなノリの人たちだったが、神門にとって誰より気の置けない友人たちのようだ。

彼らの中に混ざると、神門も途端に学生みたいになる。役員のほとんどは正真正銘のオタクで、今も最先端のＩＴ技術を研究している。うち二名は大学で教鞭《きょうべん》を取っていた。そうしたギークたちの知識や技術を、神門が新たなビジネスに生かす。彼らの関係は上手《うま》くいっているようだった。

士貴と神門が婚約したこと、一緒に暮らしていることを知るのは、彼らだけだ。みんな多忙なので、なかなか時間が合わないが、いずれ彼らを呼んでホームパーティーをしたいと、神門は言う。

いわば、内々の婚約パーティーだ。士貴は嬉しかった。

神門との暮らしには、何の不自由もない。大学も今までどおりで、ただ夜遊びをしなくなった。

士貴が渡り歩いていた友人たちのほとんどは自然消滅し、残りは「好きな人ができたから」と伝えて関係を断った。

ミヤにだけ、会って話をした。彼の発情期にかからない日を選び、差し入れを持って、日中にミヤの家を訪ねた。泊めてという理由以外で、自分からミヤの家を訪ねたのはこれが初めてだった。相手も用件は何となく察していたようだ。

しかし、アルファの男性と婚約し、すでに一緒に暮らしていると告げると、さすがに驚いていた。

「士貴の家も大きいから、いずれはと思ってたけど。早いね」

そう言うミヤの家も、有名なホテルチェーンを営んでいる。彼も実家とはうまくいってい
なくて、そういう意味でも士貴を理解してくれる友人だった。

「家同士の約束ってわけじゃないんだ。なんていうか、成り行きで」

「恋愛関係ってこと？」

ミヤは、婚約の話をした時よりも驚いた顔をした。もっとも、士貴も恋愛なんて煩《わずら》わしい
というようなことを言っていたから、無理もないのだが。

どこまで話したものか迷い、最初は一夜の過ちから始まって、成り行きで婚約したのだと
だけ告げた。

「だから、恋愛関係とは言えないな」

ビジネスライクな交渉から始まったドライな関係だと強調したかったのだが、ミヤも色事
に関してはよく勘が働く。

「でも、士貴は好きなんでしょ。その相手のこと」

言い当てられてしまった。素直にうなずけなくて口ごもっていると、「信じられない！」

と叫んだ。

「あのドーナツ王子が本気になるなんて。しかもアルファの男に！」

「なんだよ、ドーナツ王子って」

初めて聞くあだ名だった。でも何となくわかる。決していい意味ではないこととか。

ミヤはお気に入りのクッションに突っ伏してから、ちらりと向かいに座る士貴を横目で窺《うかが》い見る。こちらの質問には答えてくれなかった。

「士貴さあ。念のため聞くけど。その一夜の過ちとやらで、どっちが抱かれたの」

「え……俺だけど」

さりげなく言おうとしたけど、無理だった。ひとりでに顔が熱くなる。ミヤが「いやーっ」と悲鳴を上げる。

「そうかあ。士貴はそっちだったかー」

それからぼやきとも嘆きともつかない声音で、そんなことを言った。

「なんだよ、そっちって。それよりドーナツ王子って何。どこで呼ばれてるんだ、そんなの」

ずっとバリタチだったのにネコになったなんて、自分が抱いてきた相手を前に、これ以上は話題にしたくなかった。

強引に話題を戻すと、ミヤは面白くなさそうに「ふん」と鼻を鳴らす。

「俺たち、士貴の『おともだち』の間で言われてたの。爽やか優しいアルファの王子様。一緒にいる時は甘やかして甘えさせて大事にするだろ。そんなんされたら、いくら友達って言われてもくらっとくるよ。でも、士貴の方にぜんぜん心がこもってないのもわかるから、本気になると辛いわけ。それで士貴に弄《もてあそ》ばれた仲間たちの間で士貴の悪口を言う時に広まったのがこのあだ名。中身が空洞だからドーナツ王子」

名前のいわれは予想通りだったが、ミヤも含めた友人たちに、そこまで悪口を言われていたことがショックだった。

「なに？　みんな納得して『おともだち』してたはずなのに、とか思ってる？」

「え、いや……」

ミヤがじろりと睨む。その通りだったから、何も言えなかった。

「今、言ったとおりだよ。相手が本気じゃなくて、ただの宿目当てだってわかってても、好きになっちゃうことってあるよ。特に士貴みたいに、優しく大事にして、お姫様みたいに扱われたらさ。頭ではわかってても、気持ちはどうにもならないことってあるよ」

ミヤの言葉が深く胸に刺さる。自分のしたことが今、自分に返ってきているのだと言われた気がしたからだ。

優しく甘やかされて、好きになってしまう。相手は自分のことを、都合のいい相手としか思っていないのに。

まさに、今の士貴がそれだった。その辛さがわかるから、一言も言い返せない。

いつの間にか本気になって、でも相手にはそれが言えない。同じ気持ちを返してもらえないのは仕方のないことで、相手を責められないのだと、切なさを胸の内にしまっておかなければならない、このもどかしさ。

過去の友人たちに同じ思いをさせていたのだと、今、実感した。

「ごめん」

身勝手すぎた。友達だなんて名前を付けて、距離を置いて配慮をした気になっていた。傲《ごう》慢《まん》だ。己の幼稚さを突きつけられた。

「ごめん、ミヤ」

「ちょっと、やだ。どうしちゃったの、士貴」

士貴がここまで落ち込むとは思っていなかったらしい。ミヤは困惑していた。

「俺、ほんとにドーナツだったなって」

何も考えてなかったのだ。自分のことばかりにかまけて。

「そのことに気づいちゃうくらいに、王子様は本気なわけだ。その婚約者のオッサンに」

「オッサンじゃないよ。カッコいいよ」

つぶやくと、「うへぇ」と、変な声が返ってきた。

「ごめん、ミヤ」

士貴はもう一度、今度はきっちりと顔を上げてミヤに言った。自分が自分で思ってたより賢くなかった、というのはよくわかった。世渡り上手でもなかった。

でもだからこそ、せめてミヤには、最後くらいきちんとするべきだ。

「俺、好きな人ができた。だからもう、他の誰とも寝られない」

「当たり前のことを力んで言うな」

勢い込んで言うのに、ミヤはさらっと皮肉で流す。彼らしい。

「うん。友達……セフレとはすっぱり関係を切る。でも、ミヤのことは友達というか、勝手に恩人だと思ってる。俺が辛い時、話を聞いて慰めてくれたから。だから、もうセックスはできないけど、それ以外で俺が必要な時は呼んでほしい。利用できるならしてくれ」

実家との繋《つな》がりが希薄で、士貴と同様に上《うわ》っ面《つら》な友達付き合いしかしないミヤは、もしもの時に頼れる相手がいない。家も仕事もあるし、経済的には困っていないけれど、オメガの彼は、アルファやベータにはない生活の苦労もある。

そういう時にこれまでは、士貴が手を貸すことがあった。抑制剤を取りに行くとか買い出しをするとか、些細《ささい》なことだ。

宿を借りる対価だと手伝ってきたが、対価などなくても手を貸すつもりだった。

セフレから友達に戻りましょうなんて、都合のいいことは言えない。少し前の自分なら言っていたかもしれないが。

だから、利用してくれと言った。恩人だと思っているのは本当だ。ミヤはどう思っているかわからないが、士貴にとってはセフレではない本当の意味での友人だった。

「セフレと今も友達付き合いしてるなんて、婚約者が知ったら面白くないだろ」

ミヤは一瞬、息を詰めて士貴を見つめた後、元の皮肉っぽい顔に戻って言った。

「あの人はそういうの、たぶん気にしないよ」

いつか気にしてくれるかもしれない。神門の言う通り、ゆっくり愛を育んでいけたら、いつか。でも今はまだ、そこまでの感情はないだろう。セフレの話はNGだと言われたが、あれは睦言《むつごと》の一つだ。本気ではないだろう。

神門と二人きりの時は、彼の言葉を何もかも信じてしまう。でもひとたび彼と離れると、夢から覚《さ》めたような気持ちになった。冷静、というのとも違う。相手の態度や言葉に猜疑《さいぎ》的になり、信じていた言葉さえ嘘っぱちに思えてしまうのだ。

彼の何をどこまで信じていいのか、士貴には判断がつかない。付き合う前はもう少し、神門のことを理解していた気がするが、それも思い過ごしかもしれなかった。

神門を好きになればなるほど、何もわからなくなる。わかるのはただ、自分だけがどんどん本気になっている、ということだけ。

「僕のことなら、気にしなくていいよ。でも、ありがと。そういうところが残酷だって言うんだけどね」

「……ごめん」

素直に謝ると、ミヤはクスッと笑った。

「士貴があれこれ晒《さら》してくれたから、僕もぶっちゃけるけど。昔はちょっと、士貴のことが好きだった。それで苦しかったこともある」

ごめん、とまた謝ろうとして、ミヤに睨まれ口をつぐんだ。謝っても今さらだし、ミヤも求めていない。

「その後、別の人を好きになって、失恋して、それからは君のこと、何とも思ってない。ただのセフレで友達、かな。それから今、ちょっと気になる相手がいる。だから、士貴に言われなくても、こっちから、もうやめようって言うつもりだったんだ」

「そう、なのか」

ホッとしかけて、慌てて表情を引き締めた。

「気になる、なのか。好きじゃなくて？」

「まだ、そういう段階じゃないんだ。知ってるのは名前と、アルファだってだけだから」

ミヤが仕事をもらっている会社の社員だそうだ。ミヤの仕事とは関係のない部署で、ただたまに、ミヤがその会社に行った時に会うだけ。名前は周りの人に聞いて知ったが、相手はたぶんミヤの名前も知らない。

「何となく、だけど。彼が『運命の番《つがい》』なのかなって」

どこか夢見心地な表情でミヤが言い、士貴は何と答えていいのかわからなかった。

運命の番、という言葉は知っている。昔からある、アルファとオメガの番に関する概念だ。

オメガ・フェロモンで生理的に惹かれ合うアルファとオメガだが、中でもこの世には、運命に定められた相手がいるのだそうだ。

運命の赤い糸、と同じだ。アルファはオメガに、オメガはアルファの相手がいる。定められた相手は、この世でただ一人だけ。

運命の相手に出会った瞬間、二人は理屈もなく惹かれ合う。たとえそれ以前に、どちらかにパートナーがいたとしても関係ない。すべてを放り出してもいいと思えるほど、強く惹かれ合うのだという。

長らくおとぎ話だと思われてきて、今でも半分そう思われている。

そもそも、アルファとオメガの人口は少ない。その中で、この地球上からただ一人の相手を探すのは至難の業《わざ》だ。出会ったのが老人と赤ん坊だったりしたら、たとえ運命でもどうにもならない。

しかし最近の研究で、運命の番とは、フェロモンが互いに強く影響し合う相手のことではないかという学説が出てきた。

好みの体臭の相手はHLA遺伝子の相性がいいのだという話があるように、アルファとオメガの遺伝子にもそれぞれ、相性の良し悪《あ》しがあるのだという。

相性が良くフェロモンが極端に強く作用し合う、それが運命の番だという説だ。

テレビやネットでたまに取り上げられるので、士貴も知っている。ただ、それがどこまで立証されているのかわからない。

あくまでも諸説ある中の一つであり、運命の番が単なるおとぎ話であるという可能性もあるのだ。

だから今、いきなり運命の番かも、と言われても、どうにも返答に困るのだった。

「わかってるよ、僕も。運命なんて本当にあるかどうかわからないって。でも、気になるんだ、すごく。今までこういうことってなかったから、ちょっと戸惑ってる」

「……そうか」

それはただ、恋をしているのとは違うのだろうか。士貴にはわからない。

それでも士貴は、ミヤの恋がかなうことを願ってやまなかった。


「お前の親父《おやじ》さんが、年が明けたらすぐ食事会をしたいそうだ」

そんな話を神門の口から聞いたのは、師走《しわす》も半ばに入ってからのことだ。

神門の仕事は季節に関係ないが、十二月ともなるとやはり、あちこちのパーティーから引き合いがある。

イブもクリスマスも仕事だそうで、士貴と神門は少し早めのクリスマスディナーに出かけているところだった。

有名ホテルの中にあるフレンチレストランで、ネクタイとジャケット着用のドレスコードがある。

事前に、堅苦しいのは嫌いかと聞かれ、そうでもないと答えたらここに連れてこられた。

料理はまあまあだが、店の雰囲気が気に入っているのだそうだ。確かに、店内のしつらえは落ち着いていて、テーブルの並びもゆったりと取られている。うまくインテリアが配置されていて、客同士の会話が届きにくい造りになっていた。

給仕もよく気配りがされていて、丁寧でいて馴《な》れ馴れしすぎない。ソムリエは押しつけがましくなく、客の好みに合ったワインを選んでくれる。

窓際の席からは、ホテルの庭園がよく見えた。今の季節はクリスマスのイルミネーションに輝いていてロマンチックだ。

神門と外で、デートらしい食事をするのは久しぶりだった。士貴はイベントにこだわる方ではないが、自分の好きな人が多忙な合間を縫ってクリスマスディナーを用意してくれたことは素直に嬉しい。

クリスマスプレゼントは当日に渡す、と言われ、士貴も神門に渡すプレゼントを早くから用意している。

そんな楽しい時間の中で、不意に上がった実家の話題に、我知らず顔をしかめていたらしい。神門が「そんな顔するな」と、苦笑した。

「ごめん。でも、なんで父が神門さんに？」

実家とは家を出て以来、連絡を取っていない。何度か荷物を取りに戻り、母や姉とは会えば会話を交わしている。

とはいえ挨拶程度で、姉は「しーちゃんは、勝手できていいなあ」と、家を出た士貴を羨《うらや》み、母は相変わらず姉より先に士貴が婚約したことに文句を言うばかりだった。

父とは会っていない。彼のいない平日を選んで帰ったので、顔を合わせずに済んでいた。

家族で携帯の連絡先は共有している。何か用事があればそちらに連絡が来るだろうと思っていたが、息子を飛び越してなぜ息子の婚約者に話をするのだろう。

最初に父と婚約の件で話をつけにいって以来、神門が父に気に入られているのは知っていた。あれからちょくちょく、連絡もあるという。

でも家族の食事会なら、まず息子に知らせるべきではないのか。

「先日、親父さんと会ってちょっと一緒に呑《の》んだんだ。今までも何度か誘われてたんだが、ずっと断っていたからな。一度くらいはと思って」

初耳だった。どうして言ってくれなかったのだろう。信じられない思いで神門を見ると、相手は気まずそうに「すまない」と謝った。

「お前には連絡一つ入れていないって聞いていたから。それなのに、俺には頻繁に呑みの誘いがあるって聞いたら、いい気はしないだろ」

確かに複雑な気持ちではある。士貴は父から晩酌にも誘われたことはない。

「でも、言ってほしいよ」

「悪かった。確かに、黙ってるのはよくなかったな。次からはちゃんと伝える」

素直に反省と謝罪を述べられると、それ以上は強く言えない。気まずくなって、ワインを飲んだ。

「食事会って、顔合わせみたいなこと？」

「ああ。鎌倉殿から催促があったらしい。年末年始にいないことは納得してもらったが、かわりの食事会を何が何でも一月にやれと言われたと、親父さんが弱った声を出してたぞ」

鎌倉殿、というのは士貴の祖父のことだ。神門がふざけてそう呼び出した。

神門との婚約の話は、まだ公にしてくれるなと神門から父に頼んであった。

マスコミに知られると、自分や士貴の周りが騒がしくなって困ると、口止めしていたのである。

父もそのあたりを母や姉に強く言い含めているようだが、しかし祖父には黙っておけなかったらしい。

昔から父は、祖父には頭が上がらない。祖父と別居してからは、家でも家長らしく振る舞うようになったが、祖父と同じ家で暮らしていた頃は、がっちりと祖父に頭を押さえられていた。

離れた今も、父は祖父の呪縛に捕らわれている。早々に祖父に報告した、という話も、神門から聞いたのだ。

それで、祖父が父以上に癖があるのだということ、父は祖父に心から服従しているのだという話をしたところ、神門がふざけて祖父を「鎌倉殿」と呼ぶようになったのだ。

「祖父であるこの俺に、いつまでも挨拶がないのは何事か、ってことかな」

祖父がどういう人間かはよくわかっている。士貴が言うと、「ご明察」と神門が冗談めかして言った。

士貴は生まれた時から一緒に暮らしていたせいか、父以上に横暴な祖父のことを考えると頭が痛くなるのだが、他人の神門はそれほど深刻には捉えていないらしい。

仕事で癖のある人間と対等に渡り合っているから、耐性もあるのかもしれない。

「けど、お祖父《じい》さんが言うのは当然だ。いくら内々の話で、親父さんに話をつけたとはいえ、ご家族に一度も挨拶に行ってないってのは問題だろう。おまけに暮れも正月も俺の都合でお前を実家に帰さないんだから。本来なら、俺の方から言わなきゃならないことだ」

「忙しいんだから、仕方がないよ。年末年始の件は、俺が頼んだからだし」

暮れから正月にかけて、神門と上海《シャンハイ》に行く予定だ。神門は仕事だが、雑用係と称して連れて行ってもらうことになったのだった。

毎年、年末年始は家族で過ごし、さらに年始は祖父母の家に親戚一同が集まる。憂鬱《ゆううつ》だ、行きたくないと言うと、神門が出張に連れて行ってくれることになった。ついでに年明けまで現地で過ごせば、実家の行事に参加せずにすむ。

社内の手配から士貴の父への説得まで、神門がすべてやってくれた。生まれて初めて実家の行事から解放されるとわかった時、士貴は目の前が輝いた気がした。それだけ憂鬱だったのだ。

神門にもすごく感謝したのに、そのせいで祖父の不興を買うなんて。

「上海行きは、言い訳にはならないよ。それで、遅きに失した感はあるが、こちらから食事会を提案しようかと思うんだが。どうかな」

催促されてのことだが、いちおう、こちらから挨拶させてもらうという体裁を取るのだ。

「うん。神門さんは忙しいのに、迷惑かけてごめん」

「迷惑なんかじゃない。当たり前のことをするだけだ。そりが合わなくても、最低限の家族付き合いは必要だからな」

卑屈になる士貴をたしなめるように、でも優しい目で神門は念を押した。家族、という言葉を神門の口から聞くのが、何だかくすぐったい。

「食事会の場所や予約は、俺がする。祖父の好みはわかってるから。神門さんは相談に乗ってくれる？」

「ああ、もちろん」

神門が微笑《ほほえ》み、それから和やかなデートの雰囲気に戻った。

家族の食事会は憂鬱だが、神門の言う通り、いつかはやらなければならないことだ。正式に婚約発表されれば、もっと煩わしいことが増える。

神門にプロポーズされ、婚約指輪まで受け取っているのに、ふわふわした喜びばかりで現実を考えていなかった。今ようやく、煩わしさも含めた現実が見えてきた気がする。

士貴は、近い将来訪れる面倒なあれやこれやを、懸命に意識の外へ追いやった。せっかくのクリスマスディナーだ。今は純粋に楽しもうと思った。

その後は楽しく食事をして、それからもう少し飲もうと、同じホテルの敷地にある別の店へ移動した。

今夜は、ホテルに部屋を取ってある。明日は士貴は休みで、神門も予定は午後からだ。時間はじゅうぶんにあった。

次に入った店は、先のフレンチレストランとは打って変わって、遊び心の多い店だった。南米のジャングルを模した店内は、ちょっとしたテーマパークのようで楽しい。季節柄カップルが多いが、ビジネスマンや観光らしき客もいた。大きな話し声や談笑があちこちから上がり、それを大きめのＢＧＭがうやむやにしていた。

店の奥は吹き抜けの二階建てになっていて、二人は二階席に通された。そこで、軽いつまみとカクテルを楽しんでいた時だ。

二十代と見られる若く綺麗《きれい》な男性客が一人、階段を上って来たかと思うと、軽やかな足取りで近づいてきた。神門は階段に背を向けて座っているので、気づいていない。

男はまっすぐこちらにやってきて神門の背後へ立ち、神門の両肩を叩いた。いや、叩いたというより、撫《な》でたといったほうが正しいか。

「神門」

肩に手を置いたまま、神門の顔を覗《のぞ》き込むようにして、甘ったるい声で呼んだ。

男の馴れ馴れしい態度に、士貴は苛立《いらだ》つ。失礼な男だと思ったが、顔には出さなかった。

神門は驚いて振り返り、それからわずかに顔をしかめた。会いたくない相手に出会ってしまった。そんな表情だ。

「久しぶり。すごい偶然」

男も神門の表情に気づいているはずだが、素知らぬふりで馴れ馴れしい態度を続ける。

士貴はそれを見て、二人がただの顔見知りではないと悟った。さらに、男がオメガだということにも気がついた。

シャツの襟《えり》からちらりと、チョーカーが覗いていたからだ。白いうなじを覆うように、後ろに銀の覆いがついている。

オメガの貞操帯だ。発情期に間違ってアルファに噛《か》まれないよう、うなじを守るためでもあり、まだ番を持たないオメガだと知らせる意味もある。

かつては実際に使われていたが、今はただのファッションだ。十年くらい前に流行《はや》って、最近また流行っている。

禁忌とセクシャルな感覚を想起させるそうしたファッションを、士貴の両親より上の世代は、顔をしかめて嫌悪する。ボディピアスやタトゥーを見るのと同じ反応だ。

舞花《まいか》が以前、あれをつけたいと言って、母が「馬鹿なことを言わないで」と、目を吊り上げていた。両親世代にとっては、とんでもないファッションなのだろう。

目の前に立つ美しいオメガの男は、そうした貞操帯をことさら見せつけるでもなく、襟の下からほんのちょっと覗くように身につけている。

「神門、今まで何してたの？　誘っても全然遊んでくれないんだもん」

「当たり前だ。お前らとはもう会わないって言っただろ」

神門は迷惑そうに顔をしかめたが、男は取り合わない。

「うざってえな」

ドスの利いた声で神門がつぶやき、士貴がどきりとしたのに、男は「こわーい」と甘ったるい声を上げるだけだった。そして男は、今に至るまで一度も士貴を見ない。まるでいない者のように振る舞う。

「ねえ、こっちで一緒に飲もうよ。ミホとリズもいるから」

男が分別なく腕を引くのを、神門はうんざりした顔でため息をついた。

「行かないよ。連れがいるんだ。行くわけないだろ」

乱暴に腕を振り払っても、男は怒る様子もない。顔なじみを見つけて、ただ声をかけたのではないのだ。明らかな悪意が透けて見えた。

「連れかあ。ずいぶん若い子連れてるなって思ったけど、彼、アルファじゃない？　もしかして、神門が前に気に入ってるって言ってた子だ」

周りに聞こえるほどの大きな声で、男が言った。初めてこちらに目を向ける。挑むような眼差《まなざ》しをしていた。

神門が、「いい加減にしろよ」と、低い声でつぶやく。端《はた》で聞いていても身が竦《すく》むような、恐ろしい声だった。一瞬、男はぎくりと怯《ひる》んだが、すぐさま誤魔化《ごまか》すように微笑む。

「やっぱ図星だ。この時期にこんな場所に連れてくるってことは、賭けは神門の勝ちだね。俺も神門に賭けてたから、俺も勝ちかな」

男が、士貴に聞かせるために喋《しゃべ》っているのはわかっていた。彼や、彼と一緒にいるミホとリズという人たちも、神門の遊び相手だったのだろう。適度に遊んでいた神門が、クリスマスの時期に若い男と気合の入ったデートをしているから、邪魔したくなったのだ。

そういう駆け引きは初めてじゃない。だから何でもないふりはできる。

けれど、目の前で気まずそうに顔色を変えた神門を見て、内心では怒りや焦り、苛立ちが渦巻いていた。賭けは男の方便ではない。本当のことなのだ。

男は神門の表情を見たのか、嬉々《きき》として続けた。

「彼、何とかって大企業のお坊ちゃん？　世間知らずでボンボンのタチ専を落としてやるって息巻いてたけど、その子でしょ」

神門は表情を消し、店のスタッフを呼んだ。店長らしい、スーツを着た中年男性が滑るように現れると、冷静な口調で、この酔っ払い客を何とかしてもらえないか、迷惑をしていると伝える。

「ちょっと神門、それはないんじゃない？　俺たち、ただの友達ってわけでもないのに」

オメガの男は苛立った笑いを浮かべつつ、なおもそんなことを言い募った。それまで彼を正面から見ることのなかった神門は、初めて男に向き直った。

「その通りだ。俺とお前は友達でも知り合いでもない。これ以上こちらの邪魔をするなら、相応の対応を取らせてもらう。弁護士の準備でもしておくんだな」

抑えた声に本気の怒りが滲《にじ》んでいた。オメガの男も、ぐっと黙り込む。悔しそうに神門を睨んだ。店のスタッフに促され、渋々去っていく。ちらちらとこちらを振り返ったが、士貴は素知らぬふりを通したし、神門も一顧だにしなかった。

「すまない」

嵐が去って、神門は苦しそうにつぶやいた。さらに何か言おうとした時、先ほどの店長が戻ってきて丁寧な謝罪をし、神門も騒がせてすまないと謝罪を返した。

スタッフが新しいカクテルを持ってきてくれたが、酒を楽しむ気持ちはとうに失《う》せていた。

早々に店を出て、ホテルの部屋へ戻る。腹の中がモヤモヤした。

神門を置いて家に帰ろうかと思ったが、その家も神門の家なのだ。意味がない気がした。

「嫌な気分にさせて悪かった。彼……彼らは、お前と付き合う前にたまに遊んでた奴らだ。お前と婚約してからは会ってない」

ホテルの部屋に入るなり、神門が弁解した。それは本当なのだろう。あの男が声をかけてきた時、神門が彼にそんなことを言っていた。

「他にも、たまに遊ぶだけの相手が何人かいた。それも清算したんだが、彼は中でもたちの悪い遊び仲間だったんだ。言い訳にならんが、すまなかった」

神門の言い訳に、士貴は何も返す言葉がなかった。何と言えばいいのだろう。気にしてないよ、とでも？

付き合う前、遊んでいたのはお互い様だ。今日はたまたま神門だったが、士貴の友達にだってたちのよくない連中はいた。偶然会ったのが士貴の友達だったら、立場は逆転したかもしれない。

でも、気にするなとは言えなかった。そんな自分は聞き分けがないのだろうか。神門の理想の婚約者なら、ここはすぐに水に流すべきだろうか。

無言のままジャケットを脱ぎ、リビングのソファの背に放る。ミニバーの冷蔵庫を開けてミネラルウォーターのペットボトルを取り出して飲んだ。

神門も無言で追いかけてくる。リビングと寝室に分かれたスイートルームは、広々として窓からの眺めも素晴らしいのに、その豪華さが今は白々しくさえ感じた。

「俺が落とせるかどうか、賭けてたんだ」

ボトルの水を半分ほど飲み干し、ようやくそれだけ言った。鼻先に神門のトワレが香って、彼がすぐ後ろにいるのがわかる。

背後から抱き込まれ、びくりと身がすくんだ。

「ごめん」

耳元で囁かれ、抱き締める腕に力がこもった。

「前に言ったかもしれないが、お前にコンプレックスを刺激されて、気になってた。落としてやろうと意地の悪いことを思ってたのは確かだ。そんな時にあいつらと飲むことがあって、落とせるか落とせないかふざけて話をした。でもそれは、その場限りの冗談だ。本当に何か賭けてたわけじゃない」

自分とは育ちの違う、苦労知らずのお坊ちゃん。以前、神門が士貴に対して、いささか斜《はす》に構えていたことは聞いていた。

士貴自身、すでに知っていたことだ。何も嘘は言っていない。賭けだって神門の言う通り、その場の戯言《ざれごと》なのだろう。

なのにどうして、こんなに泣きたい気持ちになるのか、自分でもわからず混乱していた。

「士貴。嫌な思いをさせてすまない。だが関係のあった相手とは、お前に婚約を持ち掛けてすぐ別れたんだ。今はお前だけだし、これからもそうだ。もう二度とお前にやましいことはしない」

何もかも、付き合う前のこと。士貴の素行だって褒められたものではなかった。神門を怒る資格はない。

婚約を持ち掛けられた最初の頃は、てっきりお互いの浮気も公認だと思っていたのだ。それでもいいと、婚約の話を受けた。あの頃のことを考えれば、ずいぶん誠実ではないか。

「わかってるよ。でも、許せない」

「士貴」

きっと、相手が神門じゃなければ簡単に許せただろう。遊ぶ相手を間違ったんじゃないか、と皮肉の一つも言えた。

「自分でも、なんでこんなにモヤモヤするのかわからない。ごめん。俺が子供なのかも」

「それは違う」

急《せ》いたような声が言った。

「お前が子供なわけじゃないし、心が狭くもない。逆の立場だったら、俺も腹を立ててる。気にするな、なんて言えない。士貴、お前はもっと怒っていいんだ」

「偉そうに言うなよ」

「……ああ。すまない」

言われた通り怒ったのだが、すぐにすまなさそうに謝られて、しゅんと怒りがしぼんだ。でも悔しさともどかしさはくすぶっている。

「すまない、士貴。でも機嫌を取らせてくれ。俺は、お前に嫌われるのが怖いんだ。婚約の話を、やっぱりやめたと言われるのが怖い」

「言わないよ」

なんだそれ、と心の中でぼやく。ただ婚約破棄されたくないだけなのか。

この期《ご》に及んでも、神門は士貴に好きだとか、愛しているとは言ってくれない。

士貴に対しては誠実でいたいのだと、いつか神門は言っていた。そういうことか。心にもない方便は口にできないということなのか。

自分ばかりが神門のことを好きなのだ。神門に愛はない。

セフレと何が違うのだろう。彼が士貴を大事にしてくれるのは、婚約、結婚という体裁にふさわしい態度を取っているに過ぎない。

先ほどのオメガの男に挑発されても、自分には何一つ勝てるものがない。そう考えて、悲しくなった。

その後も神門は、姫に仕える従者のように士貴の機嫌を取った。士貴が根負けし、もういいよ、と嘆息交じりに言って表面上は元通りになったが、気持ちが晴れたわけではなかった。

その夜は最後までする気にならず、口と手で互いを慰めあっただけだった。

抱かれるつもりで来たし、神門も同じだろう。でも彼は何も言わなかった。それればかりか、士貴が拒むのは当然だという態度で、その夜は去勢された獣みたいに気弱だった。

こんなことで、本当に結婚なんてできるのだろうか。それとも結婚という契約を取りつけたら、もう士貴は用済みで、金輪際《こんりんざい》大事にしてもらえないのだろうか。

神門への想いが大きくなればなるほど、彼を信じられなくなる。

士貴は、不安とわだかまりが、自分の心の底にしんしんと降り積もっていくのを感じていた。


年が変わってすぐ、祖父母を交えて食事会をした。

祖父が気に入りの葉山《はやま》のレストランを借り切って、そこで祖父母と父、それに神門と士貴とで食事をしたのである。

母と姉は欠席した。姉が直前に体調を崩したのだ。ただの風邪《かぜ》らしいが、そういう時は大事を取って休むのが若公家《わこう》の暗黙の決まりである。母も大事な娘を一人にはしておけず、二人を抜きにして食事会が行われた。

レストランや料理の手配をしたのは士貴だが、当日は神門が場を仕切ってくれたおかげで、何ら問題なく会は終わった。

神門は士貴の父ばかりか、祖父にも大層気に入られた。神門はもともと人たらしだが、取り分け中高年の男たちの心を摑《つか》むのがうまいらしい。

後半は婚約の話などそっちのけで、ゴルフだの麻雀《マージャン》だのの話に花が咲いていた。

「次こそは、家族揃ってやらないとな。お前もアルファなんだから、オメガの姉の体調もちゃんと考えてやらんといかんぞ」

祖父が次の食事会を催促するのと、姉と母の欠席を士貴の調整不足のように言うのに辟易《へきえき》したが、これはまあいつものことだ。士貴もにこやかに微笑んで応じた。

祖母は祖父に付き従っているだけなので、そうした男たちの話をニコニコ聞いていただけだ。ただ別れ際、士貴にだけ聞こえるように囁いた。

「とてもいい方ね。士貴の相手が優しい方で良かったわ」

初めて家族から祝福された気がして、嬉しかった。祖母は昔から、アルファでありながらひっそりと大人《おとな》しく、誰にも見咎《みとが》められないように息をひそめているようなところがあったが、士貴を空気のように扱う家族の中で、彼女だけがそっと士貴を気にかけてくれていたように思う。

家に帰って神門にそのことを話すと、彼も喜んでくれた。

「そうか。俺のことを認めてもらえたみたいで、嬉しいな」

士貴もまた、神門が自分の家族に好印象を与えたことに、安堵《あんど》と喜びを感じていた。

「神門さんが祖父や父を手なずけてくれたおかげだよ。何から何までありがとう」

「手なずけるって。いや、家族へのことは、当然のことだろ」

神門は士貴の独特の表現に苦笑する。士貴も笑って、二人は抱き合った。

クリスマスディナーの一件があって、しばらく士貴は神門にぎこちない態度しか取れなかったが、年末年始の上海出張で異郷の空気に触れたおかげか、今は和やかな雰囲気が続いている。

落ち着くと、クリスマスディナーのあの件も、それほど苛立つことではなかったと思えるようになった。

神門は士貴の婚約者だ。士貴のために時間を割き、心を砕いてくれる。

食事会で葉山に行くために、神門は重要な仕事を一つキャンセルした。

士貴は食事会が終わってから、秘書課でアルバイトをしていて偶然、その事実を知ったのだが、神門は何も言わなかった。

年末年始は士貴が実家に帰りたくないと言うから、出張の後のスケジュールを調整し、一緒に過ごしてくれた。

上海では旧正月を祝うので、暮れも年明けも普段とそう変わりはなかったが、逆にのんびりと二人きりで過ごすことができた。しかしそのおかげで、神門は日本に帰ってからしばらく、いつにも増して多忙だった。

ここまで尽くしてくれる恋人は、そういないだろう。

士貴はこの数か月、神門のもとでぬくぬくと甘やかされてきた。生まれて二十余年、ここまでのびのびと過ごせたことはない。

だから、些細なことは気にしないことにした。

神門が士貴にどれだけ本気かなんて、考えるだけ無駄なことだ。人の気持ちなんて推し量れないし、一緒にいれば変わっていく。士貴が自分でも恐ろしくなるほど、今も神門に惹かれ続けていて、もはや彼がいなければ生きていけなくなっているように。

多忙な彼が家にいる時間は少ない。寂しいけれど、そのぶん、二人きりになれば激しく抱いてくれた。

神門は士貴を、可愛い、と言う。愛している、好き、とは言ってくれない。でもそれも、小さなことだ。

彼が自分の婚約者で、結婚を約束してくれている。これからも、士貴のそばにいてくれる。大切なのはそれだけ。それでじゅうぶんだ。

祖父との食事会が無事に終わり、大学の授業が始まって、またあっという間に春休みになった。

士貴は神門の会社のアルバイトを増やし、それ以外は特に遊ぶこともなく家で過ごした。

夜遊びをやめ、士貴の交友関係は途端に狭くなった。大学にも友人はいるが、休みの日に会うのは渋谷くらいだ。

今さら無理に友人の輪を広げることはないと思い、春休みはアルバイトに明け暮れている。

事件が起こったのは、そんな春休みのさ中、二月も後半に入った頃だった。

夕方近く、士貴はちょうど社長室に呼び出されていた。といっても、大した用事ではない。神門もちょうど、予定が一つキャンセルになって、早く帰れるというのだ。食事でもして帰ろうという話だった。

「携帯に連絡してくれればいいのに。先輩たちに変に思われる」

二人きりの社長室で、士貴は神門に文句を言った。

秘書課の先輩たちはみんな、士貴に親切にしてくれる。風通しもよく働きやすい環境で、年の近い先輩とは友達のような関係だ。でも、神門とのことはまだ、職場の誰にも打ち明けていない。相変わらず、限られた役員たちしか知ることのない秘密のままなのに。

「今さらだな。ただのお気に入りじゃないってことは、秘書課全員に知られてるぞ」

士貴が気にするのを見て、神門は楽しそうにニヤリと笑った。

「上海出張の件もあるし、恋人だってことは、とっくに気づかれてるんじゃないか」

「うう……やっぱり」

士貴は頭を抱えた。何となく、気づかれているような気はしていたけれど、現実を知りたくなかった。ここの社員は若くてもみんな優秀で、士貴がたびたび社長に呼ばれても、顔色一つ変えなかった。

「秘書課長に、社内では絶対にヤるなと言われた」

「やらないよ」

神門が言いながら椅子《いす》から立ち上がったので、士貴はすかさず釘《くぎ》を刺した。神門は苦笑する。コート掛けに吊るしていたジャケットを取っただけだった。

「帰り支度をするだけだ。そろそろ終業時間だろ。お前もさっさと後片付けをして帰る用意をしな。あと、何を食べたいか考えておくように」

そんなことを言いながら、さりげなく士貴の頰にキスをする。不意打ちに赤くなって相手を睨むと、神門は嬉しそうに笑った。

ずるいなあ、と士貴は思う。そうやって無自覚に、人を夢中にさせるのだ。

何か言おうと口を開きかけた時、胸ポケットの携帯電話が震えた。メッセージではなく電話のようで、それもしつこく鳴り続ける。

士貴は神門に挨拶をして社長室を退出すると、廊下に出て携帯電話を確認した。

着信の相手はミヤだった。何かあったのだと、咄嗟《とっさ》に思った。

ミヤとは、士貴が好きな相手ができたと告げて以来、連絡を取ることもなかった。それ以前から、二人のやり取りはもっぱらＳＮＳで行われ、電話で話したことはほとんどない。

いずれにせよ、何かよほどの用件なのだ。

「……『お友達』か？」

電話に出るべきか、神門への裏切りではないかと逡巡《しゅんじゅん》していた時、すぐ後ろから低い声が聞こえた。

振り返ると、いつの間にか神門がいて携帯の画面を覗きこんでいた。電話は一度切れて、またすぐに鳴り出す。

「うん。去年別れてから連絡してなかった。彼が電話をかけてくることは滅多にないんだ。何かあったんだと思う」

「とにかく出てみろ」

神門に促され、士貴は電話に出た。

『……士貴？』

もしもし、というこちらの応答にかぶせるように、ミヤの声がした。震えている。やはり何かあったのだ。

『士貴、ごめん。士貴に連絡するつもりはなかったんだけど。……他に思いつかなくて、ごめん』

「ミヤ、どうしたんだ。何があった」

助けて、と、震える声が聞こえた。

『僕が熱出して、そしたらシギノさんが来て……おかしいんだ。僕、発情期じゃないのに。シギノさんもおかしくて。普通のアルファの反応じゃない。どうしよう』

「落ち着いて。発情してるんだな。お前も、相手のシギノさんて人も」

シギノが誰かは知らないが、もしかしたら以前ミヤが言っていた運命の相手かもしれない。

『そ、そう。シギノさんは自分からバスルームにたてこもってる。で、出たら、僕のこと襲っちゃうから……でも、僕もこれ以上動けなくて。薬も効かないんだ。身体、つらいよ。もうどうすればいいのか……』

震える声は、途中から情欲に濡《ぬ》れていた。正気を手放したような声音に、尋常ではないものを感じた。

ミヤや、他のオメガの発情を見たことはある。影響を受けないようにわずかな時間だったが、今まで見た発情とは違う気がした。

「わかった。ミヤのマンションだな？　これから行く」

言って、頭の中で目まぐるしく考える。誰か、ベータに助けを借りなければ、自分もシギノとやらの二の舞になる。

「行くって、正気か。オメガが発情してるんだろう」

電話を切った途端、隣から怒った声がした。神門だ。一瞬、その存在を忘れていた。ハッと振り返ると、神門が苛立ったようにこちらを睨みつけていた。

「でも、友達なんだ。セフレとは関係なく。聞く限り、普通の発情とは違う。薬も効かないみたいだから、何とかしないと」

神門が奥歯を噛みしめる、ギリッという音がした。しかし、すぐに身を翻《ひるがえ》すと、秘書課に向かって歩き出していた。

「俺も行く。そのお友達のところに案内しろ」

「でも」

神門もアルファなのに。それも、士貴よりオメガ・フェロモンに敏感な。

士貴は慌てて神門を追いかけた。彼は秘書課に入るなり、ベータの社員に声をかけていた。

「二人、来てくれ。緊急事態、人助けだ。男がいいな。力がいるかもしれない。士貴、そのお友達も相手も、男性なんだよな？」

「うん。はい。アルファの男性はわかりませんが、片方は華奢《きやしや》なオメガで……」

突然で状況がわからないにもかかわらず、みんな動きが迅速《じんそく》だった。

ベータの男性社員二人が名乗りを上げ、会社の前でタクシーを拾ってミヤのマンションへ向かう。行きのタクシーの中で、士貴が全員に状況を説明した。

とはいえ、士貴もミヤに何が起こっているのか、正確にはわからない。

「もうすでに抑制剤を飲んでいて、それでも効かないんだな？　それなら、救急車を要請しておこう」

神門が言い、その場で通報した。

幸い、道路に渋滞はなく、スムーズにミヤのマンションまでたどり着いた。救急車はまだ到着していなかったが、エントランスを抜け、四人でミヤの部屋へ向かう。

ドアノブを回したが、鍵《かぎ》がかかっていた。士貴に電話をかけたが、鍵を開けておくことまで頭が回らなかったのだろう。

インターホンを押し、ドアを叩いて中に声をかけた。

「ミヤ！　士貴だ。助っ人を連れて来た。ベータの人たちだ。救急車ももうすぐ来るから、鍵を開けてくれ」

しばらく何の応答もなかった。ドアの前で四人がじりじりと待つ中、やがてカチャリと内側から鍵を開ける音がした。

「ミヤ？　ミヤは奥に下がっていてくれ。できるか？」

士貴はドアの向こうへ声を張り上げた。耳を澄ませていると、「うん」と、くぐもった声が聞こえた。それきり物音は途絶えた。

ドアが重厚で、部屋の中の音が聞こえにくい。じゅうぶんな時間を取った後、ベータの社員二人が中に入ることになった。

「状況的に怪我《けが》をすることはないと思うが、ヤバそうだったらすぐ出てきてくれ」

神門が社員二人に言う。神門も士貴も、アルファなので部屋の中に入るのは危険だ。

本当は、中の状況を一目でも確認したかったのだが、二人に任せることにした。

社員たちが念のため、奥へ声をかけてから、ドアを開けて中に入る。

途端に、甘ったるい匂《にお》いが鼻先に届いた。脳みそをかき回すような、独特の感覚。オメガ・フェロモンだ。脈が速くなった。

「思った以上に激しいな」

隣にいた神門は、咄嗟に袖で口と鼻を覆っていた。士貴も思わず後退《あとずさ》る。

ミヤは奥へ移動したはずだ。残り香を一瞬嗅《か》いだだけなのに、そわそわと落ち着かなくなった。

神門は辛いのか、さらにドアから距離を取り、身体を二つに折ってうつむいた。

いったい、ミヤの身に何が起こっているのだろう。何もできずただ案じていたその時、部屋の奥からミヤの悲鳴が聞こえた。

「誰っ、誰だ！　来るな！」

恐怖を帯びたその声に、士貴は思い出した。ミヤは昔、発情期に見知らぬアルファに襲われかけたことがあるのだ。

レイプされかけて、それから発情期の前後にも外に出るのが怖くなった。

なのに今、同じ発情期のトラブルの中、見知らぬ男たちが二人、部屋に入ってきたのだ。

社員たちの声も聞こえたが、ミヤはすっかり恐慌状態にあるようだった。助けて、と叫んでいる。

「宮井《みやい》！」

誰かが叫ぶ声が聞こえた。宮井は、ミヤの苗字《みようじ》だ。バスルームにこもっていた、シギノというアルファの男だろう。

子供のように泣き出すミヤの声が聞こえて、士貴の身体はひとりでに動いていた。

「ミヤ！」

「おい、待て！」

神門の焦った声がしたが、「すぐに出る」と言い置いて中に入った。

自分の姿を見れば、ミヤも正気に戻るかもしれない。それからシギノを外に連れ出す。

そんな算段をしていた。大丈夫。ミヤの部屋の間取りはわかっている。一瞬だ。

腕で口と鼻を覆い、ミヤの声がするリビングへ真っすぐ向かう。土足のままだが、非常時だから仕方がない。

オメガ・フェロモンの甘い香りに脳を揺さぶられながら、そんなふうに冷静に考えていられたのは、リビングに入るまでだった。

「ミヤ」

リビングに足を踏み入れた途端、眩暈《めまい》がした。急激に血が下がり、また上っていくような、身体の急速な変化を感じる。

部屋の中はひどい騒ぎだった。

ミヤが怯《おび》えて泣きじゃくり、そのすぐ近くで見知らぬ男がミヤを襲おうとするのを、二人の社員が押さえ込んで止めている。

社員たちは中に入ってきた士貴を見て、怯えとも安堵ともつかない表情をした。

「ミヤ、ミヤ！　俺だ。士貴だよ」

「やめろ！　宮井に近づくな！」

横から叫んだのはシギノだった。目が血走っている。ミヤを守ろうとする感情と、ミヤを襲いたいという欲望が拮抗《きっこう》しているようだった。

彼を連れて外に出るのは簡単ではないと、見た瞬間に理解した。

それよりも、ミヤを連れて行くほうが簡単だ。ミヤは軽いし、抱えて歩ける。

(——大丈夫)

そう、問題ない。この部屋の間取りはよく知っている。あのオメガを連れて奥のベッドに行き、後ろからぶち込んで犯してやれば、すぐによくなる。

ミヤのうなじを噛んで種付けしてやれば、何もかも解決するだろう。

「……し、き？」

いつの間にかミヤが目の前に来て、士貴を見上げていた。いや、士貴が近づいたのか。

どっちでもいい。この甘ったるい匂いを、もっと間近で嗅ぎたかった。早くベッドに連れていこう。目の前でわめいているアルファに邪魔されないうちに。

「士貴！　この馬鹿！」

ミヤに手を伸ばしかけた時、後ろで声がした。

襟首を摑まれ、乱暴に引き離される。爽やかなトワレの香りがして、鼻の奥にあるフェロモンの甘い匂いを束《つか》の間《ま》かき消した。

「神、門さ……」

神門がいつの間にか、すぐ後ろに立っていた。苦しそうに顔をしかめている。

彼を見て、我に返った。自分は今、ミヤに何をしようとしていた？

神門は社員の一人を呼び、ジャケットのポケットから何かを取り出して渡していた。

「緊急抑制剤だ。そこのアルファに打って、風呂場に戻しておけ。今、救急車が到着した。俺と士貴はこのまま離脱する。悪いが、後を頼む」

言うなり士貴の腕を取り、玄関へ引きずっていく。士貴が足をもつれさせても一顧だにしなかった。

どうにか転ばずに玄関までたどり着いた時、救急隊が入ってきた。

神門は、彼らを押しのけるように玄関を出る。隊員の一人に、口早に状況を説明するのを、士貴は呆然《ぼうぜん》としながら聞いていた。

もう、ミヤの甘い匂いはしない。外の空気を吸っているのに、熱が治まらない。

したい。誰でもいい。今すぐ誰かとセックスがしたかった。

「……このまま帰ります。家に、アルファ用の抑制剤があるので。どのみち、四人は乗れないでしょう」

神門はラット状態の自分たちをどうするか、隊員と話しているようだった。

それからどういうことになったのか、神門に促され、ミヤのマンションを出てタクシーに乗っていた。

その頃には、身体はどうしようもないほど昂《たかぶ》っていた。後ろがうずうずして我慢できない。シートに擦《こす》りつけたくなるのを、拳《こぶし》を握りしめて耐えていた。

「ごめ……神門さん、ごめん」

何に謝っているのか、自分でもわからなかった。ただ、大変なことをしてしまったという思いがある。

神門と、会社の先輩たちも巻き込んでしまった。友達を助けるつもりで、ひどいことをしようとした。

「ちょっと、黙っててくれるか」

ごめん、ごめんと繰り返していたらしい。苛立った声が隣から聞こえて、ビクッとした。

神門は身を護《まも》るように腕を組み、窓にもたれ込んでいた。額《ひたい》に汗がにじんでいる。彼も限界に近いのだ。下腹部が大きく張りつめて、しかしそれを気にする余裕もないようだった。

「ごめ……う……」

また謝ってしまいそうになり、慌てて口を押さえた。ひくっと嗚咽《おえつ》が漏れた。

神門に嫌われたかもしれない。きっと嫌われた。

理性の飛んだ頭で、脈絡のない悲観的な考えだけが浮かぶ。身体だけがどうしようもなく火照《ほて》って、惨《みじ》めな気持ちになった。

ミヤのマンションから家まで、さほどの距離ではなかったが、長いことタクシーに乗っていた気がした。

家に帰ったらどうなるのか。そういえば、アルファの抑制剤がどうとか言っていたっけ。

「抑制剤、あるの？　家に」

恐る恐る尋ねると、目をつぶっていた神門は小さくうなずいた。

「一本だけ」

「え、い……」

「お前に打つ。三十分もあれば治まるはずだ」

「え、で、でも、神門さんは」

ラット状態になった場合、薬なしで元の状態になるには、早くても数時間はかかる。長い時は半日そのままだ。その間、強い性衝動を抑え込むのは拷問に近い。

「……さあ。どうするかな。ちょっと今、頭が働かない」

喋るのさえ苦しそうだった。士貴も苦しい。ラットを堪《こら》えるのがこんなに苦しいなんて知らなかった。でも、オメガ・フェロモンに敏感な神門はもっと辛いはずだ。

よく見ると、自分の身体を抱き締める彼の手から、血が滲んでいる。強く握りしめていたせいだ。

（ごめんなさい）

言葉を必死に飲み込んだ。それから、タクシーがいつ、自宅マンションに着いたのか覚えていない。

気がつくとまた、神門に引きずられるようにしてマンションのエレベーターに乗っていた。

「もう少しだ。頑張れ」

士貴は、みっともなく泣いていた。鼻水と涙で、顔はぐちゃぐちゃだろう。アルファの王子が聞いて呆れる。

こんなに迷惑をかけているのに、自分のほうが辛いのに、それでも神門は士貴を助け、励ましてくれるのだ。

エレベーターを降りて自宅のドアを見た時、崩れ落ちそうな安堵を覚えた。

もう大丈夫。抑制剤を打てばすぐによくなる。

（でも、神門さんは？）

抑制剤は一本だけ。彼の苦痛はこれから何時間も続く。

その神門は、玄関の鍵を開けると、自分より先に士貴を中に入れた。押し込むようにしてから、自分も中に滑り込む。

そのまま、力尽きたようにずるずると玄関に座り込んでしまった。肩で息をしている。

「神門さん」

「寝室のクローゼット」

近づく士貴を拒絶するように、険のある声で言った。

「小物入れの引き出しがあるだろう。そこの一番上に、抑制剤が入ってる。打ち方はパッケージの後ろに書いてあるから」

早く行け、と追い払うように身振りで示す。でも、苦しそうな彼を放って自分だけ楽になるなんてできなかった。

「寝室で打って、そのまま寝てろ。抑制剤をこっちに持ってきたりしたら、お前をこの場で犯してやるからな」

抑制剤は神門に打とう。そんな士貴の内心を見透かして、神門が唸《うな》った。

士貴が身を竦めたのを見て、神門は耐え切れないというように天井を仰ぎ、両手で顔を覆った。

「早く行ってくれ、頼む。こっちは、お前を滅茶苦茶にしたいのを抑えてるんだよ」

それを聞いて、最初に思ったのは「そんなことか」だった。

——なんだ、そんなことか。

肩の力が抜けた。神門は士貴を犯したいのだ。きっとひどくされるだろう。でもそれで、何の問題があるのか。

士貴だって神門に犯されたい。発情中のオメガにするみたいに、ぐちゃぐちゃに抱きつぶされてうなじを噛まれたい。

「よせ」

士貴がふらりと近寄る気配を察して、神門が顔を覆ったまま短い声を発した。

「な、なんで。俺たち、恋人だろ」

そうだ。恋人同士でセックスをするのに、何も問題はない。何をためらう必要があるのだろう。

士貴は、座り込む神門の足を跨《また》いだ。神門は相変わらず顔を覆ったままだが、突き飛ばされることはなかった。ただ「やめろ」とつぶやく。弱々しい声だった。

「普通の状態じゃないんだ。俺もお前も発情してる。妊娠するかもしれないんだぞ。ゴムだって……くそっ、想像させるな」

士貴はじっと、跨いだ相手を見下ろす。

まだ、彼のどこにも触れていない。触れないようにしている。身体のどこか、ほんの少しでも触れ合ったら、もう止まらないとわかっていた。

「子供できるの、嫌か。神門さんは、子供ほしくない？」

自分はほしい。神門との子なら。今まで考えもしなかったその可能性は、不意に目の前に現れて士貴を甘美に誘った。

「そういう問題じゃない」

神門が呻《うめ》くように言う。彼もまた、顔の覆いを取ったが最後、抗うすべはないというように、頑《かたく》なに両手を顔に広げたままだった。

「お前、学生だぞ。もしできたら、傷つくのはお前だ。できなくても、正気に戻ったら後悔する。……もうやめてくれ。こっちはそういうこと、一切合切考えないようにしてるっていうのに」

「傷つかないよ」

可能性があるというなら、神門と今、身体を繋げたい。もし子供ができたら、彼と本当の家族になれる。

そんなことを考える自分は、確かに正気ではないのだろう。子供を利用するなんて独りよがり、身勝手な欲望だとも思う。

（でもじゃあ、どうすればいい？）

抑制剤を自分に打つのか。愛する人がいて苦しんでいるのに、自分だけ楽になるなんてできない。でも士貴が神門に打てば、神門は責任と罪悪感を覚える。

だから……と、士貴は溢《あふ》れる欲望に言い訳をした。

（だから、こうするのが一番いいんだ）

士貴は神門を跨いだまま、膝を折った。

「やめろ」

顔を覆い天を向いたまま、神門が言った。全身で拒絶しているのを感じ、悲しく惨めな気持ちになる。しかし、欲望が勝った。

ゆっくりと腰を下ろす。すぐさま尻に硬いものが当たり、士貴はほうっとため息をついた。軽く腰を揺すり、双丘にそれを擦りつける。窄《すぼ》まりに当たって、ぞくぞくした。

「神門さん、欲しい」

甘えた声が口を突いて出る。身を屈《かが》め、神門の手の甲にそっと口づけた。

「……っ」

息を詰め、奥歯を噛みしめる神門は、士貴を見ない。士貴は構わず、身に着けていたジャケットを脱いだ。ベルトを外し、下着ごと太ももまでズボンを下ろす。勃起したペニスが勢いよく跳ねた。

それでもなお、神門は崩れてくれない。焦《じ》れた士貴は、身体をずらして神門のベルトに手をかけた。

神門のそれはガチガチに張り詰めて、苦しそうだ。ズボンの下に滾《たぎ》る熱を想像し、息を呑んだ。震える手でベルトを外し、前立てをこじ開ける。下着を下げると、赤黒く脈打つ欲望が露《あら》わになった。

「あ……すご……」

エラがぷっくりと張り、裏筋の血管が浮き上がっている。鈴口《すずぐち》からはトロトロと先走りが溢れ、下着を濡らしていた。

欲しい。今すぐこれを、奥までねじ込みたい。

直接触れようと、手を伸ばした士貴の前に風が起こった。景色が一転する。頬に冷たく硬い床が押し付けられ、自分が引き倒されたのだとわかった。

「お前は……っ」

床に這《は》いつくばった士貴の背中に、苦しげな声がかかった。

神門は士貴を思って必死に耐えていたのに、士貴が自らそれを台無しにした。もどかしく苛立たしい神門の胸の内を思い、切なくなったが、それで情欲が消えることはなかった。

「神門さん」

首をひねり、背後を振り仰いだ。神門は士貴を睨みつけている。

「……して」

濡れた目で、甘い声音でねだった。傷ついてもいいから、彼が欲しい。

神門の顔がくしゃりと歪むのが、視界の端に見えた。うなじに激痛が走る。

「……ぅあっ」

噛まれたのだと認識した瞬間、剝《む》き出しになった士貴の尻に、滾った欲望がねじ込まれた。

「……っ、あ、あ……っ」

太い陰茎が肉壁を擦り上げ、士貴はその刺激だけで達してしまった。白濁した液が廊下のフローリングに散る。

後ろが自然に窄み、咥《くわ》えこんだペニスを締めると、神門も声にならない呻きを上げてビクビクと震えた。神門の精子が士貴の最奥へ注ぎ込まれる。奥がじんわり滲んだように温かくなるのに、うっとりした。

「あぁ……」

床に擦れた性器が痛んだが、それすら快感だった。吐精したばかりのそれは少しも萎《な》えてはおらず、身体は疼《うず》いたままだ。それは神門も同じだった。

「士貴……くそ……くそっ！」

抱きしめようとしたのか、動きを止めて手を伸ばしかけ、しかし欲望に負けて再びガツガツと腰を打ち付け始める。

「く……止まらない……っ」

「い……すご……あぁっ」

男根を突き立てられるたびに、強い快感が走る。士貴も夢中で腰を振りたくった。もう、快楽のことしか考えられなくなっていた。発情時のセックスがこんなにも気持ちいいなんて。

しかも、同じく発情して自分を抱く男は、片想いの相手なのだ。倒錯した喜びが思考を痺《しび》れさせた。

「神門さ……好き……好き」

背後から回された腕にしがみつき、士貴はうわ言のように告白した。

「……っ」

神門が呻き、士貴の中のペニスがさらに大きく硬く成長した。

「士貴……」

腰を振る士貴の動きを止めるように、後ろから強く抱きしめる。足を絡《から》めた。それは、自分の衝動を必死に抑えているようにも感じた。

「このバカ……何言《じだ》ってるのかわかってんのか」

荒い息が耳朶をくすぐる。神門に抱き締められている。背中が温かくて、幸せでうっとりした。

「ん……んっ、好き、好き。愛してる……だから、早く……っ」

中でペニスがうごめいている。士貴の秘孔も律動を求めてうねっていた。意識して後ろを締める。背後で息を詰める音がして、それに気をよくした士貴は、拘束された中でわずかに腰を揺すった。

陰茎をしゃぶるように、締め上げながらねっとりと動かす。

「あ……あ……っ」

たまらず声を上げたのは神門だった。拘束を解き、ビクビクと身を震わせる。ふと動きが止まり、射精したのがわかった。

「く、あ……士、貴……ぅっ」

射精と絶頂は、通常ではあり得ないほど長く続いているようだった。呻きながらバチュバチュとみだらな音を立てて腰を穿《うが》ち、立て続けに欲望を士貴の奥へ注ぎ込む。飲み込みきれない精液が尻から太ももを伝い、床を汚した。

後ろをこねくり回され、士貴もその振動だけでまた達してしまう。

「ん、んっ」

「くそ……なんで」

それでも、二人の欲望に終わりはなかった。尖ったままの欲望を、神門はずるりと引き抜く。濡れて黒光りするそれは雄々しく反り返ったままで、士貴は尻を突き出して懇願した。

「神門さん、やめないで……お願い」

媚《こ》びて甘えることに抵抗はなかった。神門が身を起こし、冷たい眼差しで見下ろしていたが、それさえ気にならなかった。ぽっかり空いた穴が寂しくて、早く埋めてほしいと、そのことしか考えられない。

「神門さん」

「もう一回、さっきの言ってみろよ」

残忍そうな笑みを浮かべて、神門が言った。何のことだかわからず首を傾げると、神門は乱暴に士貴を仰向《あおむ》けに転がし、覆いかぶさってキスをした。

「腰振りながら、俺になんて言った。え？　言ってみろ」

荒々しいキスだった。わざと性器を擦り合わせ、腰を揺らして嬲《なぶ》るようにこねくり回す。その刺激がたまらない。これを後ろに入れたまま、前を弄《いじ》られたらどれほど気持ちがいいだろう。

「ん、んーっ……」

「言えよ、ほら。言え」

「……や……あっ、好き……？」

そのことだろうか。まともに働かない頭で考え、口にする。

「もう一度」

「好き」

言葉にして、切なくなった。発情で痺れた理性がわずかに戻る。

「神門さん、好き」

こちらを正面から見下ろす神門は、それを聞いて笑みを浮かべた。少しも嬉しそうではない、苦痛に歪んだ笑みだ。

どうしてそんな顔をするのか、考える前に唇を塞がれていた。腰を抱えられ、今度は正面から突き立てられた。

「あ……」

全身が再び快感に支配される。堪えていた欲求を発散させるように、神門が再び激しく腰を打ちつけた。熱っぽい目に見下ろされ、後はもうどうでもよくなる。

好きという言葉を返してもらえない悲しさも、いつしか快楽の波に流されて忘れていた。


「体調は」

玄関に見送りに立つ士貴を、神門が心配そうに覗きこんでくるので、苦笑する。

「問題ないよ。神門さんこそ、無理してない？」

「してない」

短く言いながら、士貴が伸ばした手を迎えるように、頭を近づける。額に手のひらを当ててみたが、熱はなさそうだった。

「な？」

いたずらっぽく見上げられ、どきりとする。うなずいて手を引くと、唇にちゅっと音を立てて軽くキスされた。

「今日は早く帰る」

「今日も、だろ。本当にごめ……」

多忙で家にいる時間がほとんどなかった神門が、このところ早く帰ってくる。会社の部下たちが、どうにかして神門を休ませようとしているらしい。

その原因を作ったのは士貴だから、申し訳なくなる。

謝ろうとしたら、またキスをされた。謝るのはなしだと、何度言われても繰り返してしまう。それを神門はこうして、キスでやんわり制するのだった。

「今までが働きすぎだったんだ。言っただろ。もっと部下に仕事させろって、前々から言われてたんだって」

「うん」

「それより、どこか不調があったら医者に行け。気のせいでもいいから。いいな」

こくりと首肯すると、神門はもう一度キスをして、家を出た。

一人になった士貴は、玄関でため息をつく。

先月、ここで神門と激しいセックスをしたのだ。三週間前の出来事だが、つい昨日のことのようであり、遠い昔の記憶のようでもあった。

あの時、二人は互いの身体が壊れるのではないかというくらい、長く激しく交接を続けた。秘書課の社員から神門と士貴の携帯に、それぞれ安否を気遣う連絡が入っていたが、まったく気づかなかった。

何時間も交わり続け、数えきれないくらい絶頂を迎えた後、士貴はとうとう意識を飛ばしてしまった。

神門はそんな士貴を抱えて風呂に運び、綺麗にしてくれたのだ。

目覚めた時にはベッドの中で、翌朝になっていた。夢かと思ったのは、まぶたを開けたほんの一瞬だ。

身体が信じられないくらい重く、だるかった。意識は逆に明瞭《めいりょう》ですっきりさえしていて、そのギャップが恐ろしかった。

筋肉痛もあって、目覚めてもしばらくベッドから下りられなかったし、身体のだるさは翌日まで続いた。

同じアルファなのだから、神門だって同じように身体はきつかったはずだ。

しかし、多少だるそうにしていたものの、士貴がベッドから下りた時にはすでに、神門は何事もなかったかのように動いていた。

士貴が目覚めるとすぐ、病院に連れて行かれた。神門のかかりつけ医だという。神門も診察を受けたが、念入りにあちこち診られたのは士貴だった。

発情してあまりにも激しく交わりあったので、身体の内部に異常がないか、神門は心配していたらしい。

後ろはわずかに腫《は》れていたものの、内部にも異常はないと診断が出た。

「妊娠してるかどうかは、今の段階ではわからないから。一か月したらまた来てください」

医者の冷静な言葉に、結果を聞いていた士貴はどきりとした。隣の神門が、そっと肩を撫でてくれた。

発情中に性交した以上、アルファ同士でも妊娠はあり得る。いちおう、アフターピルを処方するかと聞かれたが、断った。

アルファやオメガの避妊に、アフターピルはほとんど効果がない。ほんの気慰め程度だ。それより、発情中にラットの抑制剤を使用する方が効果がある。

妊娠したかもしれない。冷静に戻ると、取り返しのつかないことをした、という恐怖があった。

恐ろしいのは妊娠そのものではない。神門に多大な迷惑をかけてしまったことだ。

神門にも、会社の人たちにも迷惑をかけた。

一緒にミヤのマンションに駆けつけてくれたベータの社員二人は、あれからミヤとシギノに付き添って病院まで行ったらしい。

シギノは幸い、神門が渡したラッシュ用の抑制剤が効き、しばらくすると発情が治まったようだ。ミヤと物理的な距離を取ったのも功を奏したのだろう。ミヤも搬送先の病院で強い抑制剤を投与され、どうにか発情が治まった。

二人は一日入院して様子を見ることになり、ベータの社員二人はそこで病院を後にしたという。社員の報告を受け、秘書課の人々は神門たちを心配していたようだ。

正気に戻った神門が会社に連絡し、ミヤたちの容態もその時、秘書課経由で聞いた。

「かなり強いオメガ・フェロモンだったんだ。通常処方される抑制剤も効かないようだった」

神門が、かかりつけ医に疑問を投げかけた。士貴も気になっていた。ミヤはオメガとしてそれほど特異な体質ではなかったはずだ。なぜあの時に限って、薬も効かないほど強い発情状態に陥ったのか。

「あの、ミヤ……オメガの友人が以前、あるアルファの男性のことを、運命の番かもしれないって言ってたんです。そのことと関係があるんでしょうか」

シギノがその相手かどうかは不明だが、ミヤから聞いた言葉がずっと気になっていた。士貴が思わず横から尋ねると、中年の医者は「うーん」と首を捻った。

「稀《まれ》に、とんでもなく相性のいいフェロモンというのがある、という話は聞きますけどね。それでフェロモン異常になって、アルファと一緒に病院に運び込まれる、というケースはたまにあります。全国で年に一件とか、二件とか、そんなもんですが。けど、話でよく聞く運命の番というのは、医学的には立証されてないんですよ」

ミヤとシギノは、恐らくその、とんでもなく相性がいい、というケースなのだろう。

その場合、オメガから過剰にフェロモンが分泌されることがある。

近づくたびに分泌されるわけではないが、本人の体調、心理状態が合わさって、周期にかかわらずオメガは発情に陥ることがあるという。

今回のミヤのケースが、まさにそれだった。

通常の発情とは異なるので処方される抑制剤が効かないケースが多く、周りのアルファも強い影響を受けるのだとか。

「まあ、それで後遺症が出たという症例は、今のところありませんから。あまり心配されなくても大丈夫だと思いますよ」

身体のだるさも一時的なものだろうと言われた。その通り、翌日になると体調はだいぶ良くなっていた。

「ごめん。ごめんなさい、神門さん。俺のせいで、神門さんに迷惑かけた」

病院から帰って、士貴は神門に謝った。謝ってすむ話ではない。でも、謝罪せずにはいられなかった。

「お前が謝ることじゃないだろ」

「でも」

元セフレを助けるためと言いながら、考えなしに発情中のオメガの前に飛び出して、ミイラ取りがミイラになった。

そして必死に衝動を抑える神門に覆いかぶさり、性交を迫ったのだ。

冷静になって考えれば、あの場でできることはいくらもあった。抑制剤を自分に打ち、神門のための抑制剤をもらいに医者に行くこともできたのだ。

「お前の友達を助けに行ったことなら、俺にも責任がある。お前に住所だけ聞いて、人をやればよかったんだ。お前を止めるべきだった。一緒に行った俺の判断ミスだ」

「違うよ」

「いや、そうだ。お前を抱いたのだって、他にいくらでも手はあったのに、そうしなかった。正常な判断ができなかったとはいえ、こうなることは予測できたのに。謝るのは俺の方だ。申し訳なかった」

神門が深く頭を下げたのを見て、士貴は思わず「やめてくれ」と叫んだ。

「あなたは何も悪くない。なのに謝られたら、いたたまれない」

すると神門は「だよな」とうなずいた。

「俺もお前に謝られると、いたたまれない。お前は悪くない。友達だって、他に縋《すが》る相手がいなかったんだ。発情期に見知らぬ人間に会うのがトラウマだったんだよな。誰も悪くない。あれは偶発的な事故だ。だからもう謝るのはよそう」

士貴がいたたまれないと思うように、神門も士貴に謝られたら、どうしていいかわからなくなる。同じ気持ちなのだとわかり、士貴もそれ以上は自分を責めるような言葉は口にしないよう気をつけていた。

しかし、それから二日ほど経《た》って神門が熱を出した。

風邪と過労という診断だったが、発情の翌日休んだだけで、すぐまた普通に働いていたから、疲れが出るのは当たり前だ。

自分のせいだと責任を感じる士貴に、でもやはり神門は、お前のせいじゃないと言う。でも、神門はあの日のことを後悔している。本能のまま士貴を抱くんじゃなかったと思っている。

毎日のように士貴の体調を気にかけて、変化はないかと不安げにこちらを見るのだ。

妊娠の兆候がないか、気が気ではないのだろう。

士貴も不安だった。もし妊娠していたら、その後どうなるのか。

神門はきっと喜ばない。彼は少なくとも今、子供がほしいとは思っていない。

そうでなければ、発情に苦しんでいたあの時、あそこまで抗うことはなかったはずだ。

もし子供ができていたとして、そのことを告げた時、神門の反応を見るのが怖い。

こんなこと、誰にも相談できない。発情して神門に抱かれたことは、誰にも話していない。

後日、ミヤから謝罪の電話があって、士貴と神門の体調を聞かれたが、大丈夫だとしか答えられなかった。

二人で緊急抑制剤を打った。そう、嘘をついた。電話の向こうのミヤはホッとしていた。

『迷惑かけて本当にごめんなさい。謝ってすむことじゃないけど』

ミヤは何度も謝った。本当は会って謝りたいが、医者から念のため、アルファに近づかないように言われているのだそうだ。

泣くように謝罪を繰り返すミヤをなだめ、あの日、何が起こったのかを聞いた。

ミヤのマンションにいたアルファ、鴫野《しぎの》という男性は、士貴の考えていた通り、ミヤが「運命の番かも」と言っていた仕事先の社員だった。

ミヤは士貴と別れた後、鴫野に積極的なアプローチを続け、たまに食事をする仲になっていたという。まだ付き合ってはいないが、友達以上、恋人未満と言ったところだろうか。

気に入った相手はその日のうちに手を付けるミヤからすれば、恐ろしく奥手だが、それだけ本気なのだろう。

あの日、ミヤは風邪を引いて一日家にこもっていた。ただの風邪で、大した症状でもない。

けれど鴫野とのメッセージのやり取りで何気なくそれを伝えたら、いたく心配して見舞いに行くと言ってくれた。

発情期まではまだ間があるし、ミヤは素直に喜んだ。しかし、鳴野を家に招き入れてすぐ、ミヤの身体に異変が起こった。

『鳴野さんが見舞いに来てくれたって、嬉しくて浮かれてて。そのうち頭が痺れたみたいになって、気づいたら発情してた』

こんなことは初めてだった。今まで、会社で顔を合わせても、一緒に食事をしても何もなかったのに。

『相性がすごくいいんだろうって、お医者さんが言ってた。「運命の番」って言葉は、医者だから使わなかったけど。でも僕も鳴野さんも、お互いにそうなんだろうって話してる』

恋人未満から遅々として進まなかった二人の関係は、今回のことで一気に前進した。

入院中に鳴野から、交際を飛び越して番になってくれと、プロポーズを受けたそうだ。

『運命の番』は、番契約を結べばフェロモンが安定するそうで、突発的に発情することはなくなるのだとか。

『フェロモンの安定とかもあるけど、でも鳴野さんも、出会った時から僕のことが気になってたって言うんだ。僕も、鳴野さんから目が離せなかった。だから、やっぱり運命なのかなって』

途中からノロケのようになったので、士貴は「はいはい」とおざなりに相槌《あいづち》を打った。

ミヤは、ごめんと恥ずかしそうに謝る。

『迷惑かけてごめんね。それに、来てくれてありがとう』

殊勝な声に、変われば変わるものだと、以前の友人を思い返して士貴は嘆息した。

運命の番というのは、それだけ特別な存在なのだろうか。

声を聞くだけでも幸せそうで、でもだからこそ、士貴は自分のことを言えなかった。ミヤもあの日のことは朦朧《もうろう》としていて記憶が定かでないらしく、士貴と一緒にいた神門のことも一瞬見ただけだったので、覚えていないらしい。

自分たちを助けてくれたベータの社員二人から話は聞いていて、外出できないミヤに変わって、鳴野が神門の会社までお礼を言いにきた。

その話は、士貴も神門や会社の先輩たちから聞いて知っていた。神門と士貴には改めて謝罪と礼をさせてほしい、と鳴野経由で言われていたのを、大袈裟にしなくていいと固辞したのだ。

『医者のＯＫが出たら、お詫《わ》びに行かせてほしい』

電話口でまた蒸し返すので、本当に気にしないでくれ、と軽く返した。

それから、落ち着いたら鳴野と神門を交えて食事をしようと言った。

「お互いのパートナーを紹介し合おう」

『うん。そうだね、落ち着いたら。ありがとう。楽しみにしてる』

ミヤがはにかんだような声で言って、二人は電話を切った。

落ち着いたら、いつか。その頃には、士貴が妊娠しているかどうかわかっているはずだ。

何事もなく、すっきりした気持ちでお互いの婚約者を紹介できますようにと、士貴は言葉にはせず願っていた。


春休み、アルバイトのない日は一日暇だ。

夕飯の買い物をして戻った士貴は、リビングのソファでほっと息をついた。

以前はこんなふうに、一人で何もせずのんびりすることはほとんどなかった。友人の家を転々としたり、酒を飲んで明け方に眠り、起きるとまた夕方になっていたりして、気がつくと時間が過ぎていた。

無駄に過ごしていたなと、今は思う。とはいえ、今もバイトと勉強以外、さして有意義に過ごしてはいないのだが。

でも今日は、神門も早く帰ってくると言っていた。帰りが遅い日は外で食事をしてくるから、久々に家で一緒に食べられる。

士貴は今夜の夕食は自分で作ろうと、張り切って買い出しに出かけたのだった。

この後、勉強をして、夕食の仕込みをするか。仕込みをしてから勉強するか。どうでもいいことに悩んでいた時、テーブルの上に置いた携帯電話が鳴った。

父からだった。珍しいこともあるものだ。

神門と同居を始めてから、父が士貴に直接、電話をかけてきたことはない。それどころか、家にいた頃も数えるほどしかなかった。

どうせろくでもない用事なのだろうと思いつつ、電話に出る。

『神門君に電話をしたんだが。何度かけても出ないんだ。仕方なく、お前に電話した』

挨拶もそこそこに、父は不満をこぼした。

「平日ですから。神門さんは仕事なんですよ。取り込んでいて出られないんでしょう」

父も今時分は会社にいるはずだが、祖父が経営を退いてから、以前ほど忙しそうではなくなった。接待だの会社の付き合いだのと、理由をつけて家に帰らないのは相変わらずだが、のびのびと仕事以外の用事に精を出しているようだ。

「用事があるなら、先に息子の俺に言ってください。神門さんは本当に忙しいんです。俺の方が時間がありますから。今度からは飛ばさず俺に……」

婚約者とはいえ他人の神門に連絡して、息子を後回しにする理由がわからない。しかも、神門は誰より多忙だと、知らないはずがないだろうに。

いい機会だからよく言っておこうと思ったのだが、端《はな》から父は士貴の言葉など聞かない。

『食事会のことでかけたんだ。再来週に決まったからな』

士貴の言葉を、小虫を追い払うように遮って言った。

「食事会？」

『お前がグズグズするから、俺が父さんにせっつかれたんだぞ。再来週なら舞花も大丈夫だというから、もう場所も取った』

そういえば年の初めに開いた食事会で、祖父が次は家族全員でと言っていたのだ。ミヤの件や神門の過労もあって、それどころではなかった。

それに、父の会社は三月が決算期で、その前後は忙しいはずだ。それで、四月になってからと考えていた。

「そんな急に。再来週って言って、あと十日くらいしかないじゃないですか。俺はともかく、神門さんにだって予定があるんですよ」

『そこを何とかするのが甲斐性《かいしょう》ってもんだろう。とにかく決まったことだ』

再来週の平日、場所はみなとみらいにある外資系ホテルのレストランだった。

『次の日、舞花がコンサートに行くとかで、そこに泊まりたいんだそうだ。こっちは家族みんなで宿泊することになった。孫と旅行気分になれるって、父さんも母さんも喜んでたよ。親孝行ってやつだよ、お前も家族孝行だと思って聞き分けてくれ。な』

笑いながらそんなことを言われて、呆気《あっけ》に取られてしまった。

話が通じない。とにかく神門さんに日程を聞いてみます、と言って早々に電話を切った。せっかく家から出られたと思ったのに、また振り回されている。これからも、こんなことが続くのだろうか。

（神門さんにも、迷惑をかけっぱなしだ）

ただでさえ、ミヤの件でも大変な思いをさせてしまったのに。

条件のいい相手だと思って士貴と婚約したのに、実家に煩わされてうんざりしているのではないか。

ほんの少しの会話でぐったりしてしまい、ソファに横になる。だるい気がしたのに、目をつぶると神経が冴《さ》えて、嫌なことを考えてしまう。

神門はもう、この生活が嫌になっているかもしれない。

——婚約を解消させてほしい。

苦しげに言う神門の声や表情がまざまざと脳裏に浮かび上がり、士貴は乱暴に頭を振った。

その日の夕方、予告通り神門は、早い時間に帰ってきた。

士貴が手の込んだ食事を作ったと知ると喜んでくれて、二人でワインを開けつつ夕食を囲んだ。そこで士貴は恐る恐る、昼間の父の話をした。

「本当にごめん。俺がうまく家族に言えないから、いっぱい迷惑かけちゃって。もちろん仕事が優先だから、予定があれば無理しないでほしい」

昼に何度も考えていたセリフを、早口に言った。そう、本来なら自分が、実家との緩衝材となり、調整役にならなければならないのだ。

神門に負担をかけるのは、士貴が不甲斐ないせいだ。実家の身勝手さに腹を立てた後、そのことに気づいて落ち込んでしまった。

何とかしなくてはならないが、実家のことになると、どうにもいい策が思いつかなかった。

「お前に迷惑をかけられたことなんてない。食事会も行くよ。その日程なら、少し調整すればどうにかなる。平日でむしろ良かったよ」

なだめるように、にこやかで優しい表情で言われて、ホッとすると共にきゅうっと胸が切なくなった。

「いや、かけてるよ。俺と婚約してから、神門さんに迷惑や負担をかけてる。ごめん」

それでも嫌な顔一つせず、変わらぬ優しさで接してくれる神門が嬉しく、彼を一層好きになる。でもだからこそこれ以上、重荷になりたくない。重荷になって嫌われたくない。

「ナーバスになってるな。お前こそ、疲れてるんじゃないか。ん？」

情けない顔をしているのだろう。神門は微笑み、食卓の上の士貴の手を優しく撫でた。思わず、くしゃりと顔が歪む。泣きそうになった。

確かに、ナーバスになっているのかもしれない。いろいろあったし、何より妊娠しているかもしれないという現状が、不安定にさせているのだ。

「士貴」

呼ばれて顔を上げると、神門が笑って「おいで」と両腕を広げた。食事の途中だとか、そんなことは構わなかった。

士貴は気づくと立ち上がり、ふらふらと神門に近づいていた。

神門は自分の膝の上に士貴を座らせて、抱き締めた。士貴も神門にしがみつく。

「お前と婚約してから、確かにいろいろあったが。迷惑でも負担でもない。飽きないよ。お前と一緒にいて、楽しいことばかりだ」

低く静かな声と共に、背中を撫でさすってくれるのが気持ちいい。士貴は子供のように神門の肩に頭をもたせかけ、ほうっとため息をついた。

「正直、婚約の話を持ちかけた時は、こんなに楽しい生活になるとは思わなかったな。今思えば、かなり軽い気持ちだった。お前の素顔をもっと見たいとか、そんな気軽さだ」

ちょっとばかり気に入って、結婚にも良さそうな相手だった。だから婚約した。わかっている。でも、本人の口から蒸し返されると、胸が少しキリキリする。

士貴が身じろぎすると、神門は言葉を切り、ポンポンと背中を叩いた。

「お前の家族のことは、いずれ何とかしよう。今後も振り回されなくていいように。大丈夫、お前は不甲斐なくなんかないよ。そもそもお前はまだ、扶養家族なんだからな。親を思い通りになんかできないさ。これからのことは、一緒に考えていこう」

これから、という言葉に心の底から安堵した。神門はまだ、士貴と将来のことを考えてくれている。

「うん」

神門の腕に縋りながら、小さくうなずいた。

自分も、できる限りのことをしよう。これからも神門といられるように。これ以上、神門の負担にならないように。

幸い、神門のスケジュールはどうにか調整がついた。それでも無理をさせたことに変わりはない。

それなのに、舞花から「食事会のワンピース新調したよ」と、写真付きの能天気なメッセージが送られてくるのが腹立たしかった。

士貴は、発情での性交後の三週目に入った辺りから、アルファ・オメガ用の妊娠検査薬を購入していた。

アルファとオメガの妊娠の場合、妊娠週数は発情状態での性交日を起点として数える。検査薬が妊娠判定可能になるのは、発情状態での性交日から数えてだいたい四週目以降だ。

それより以前では検査をしても妊娠反応は表れない。早いとわかっていても、気になってしまう。

三週目、最初に検査薬を使った時、陰性の結果を見てトイレでホッと胸を撫で下ろした。けれど安心したのは一瞬だ。早すぎる検査に意味はない。

それから数日おきに検査薬を使った。陰性と出るたび、束の間ホッとする。

神門にはもちろん、秘密だった。そこまで気にしているとは言えない。使用済みの検査薬を毎回、中の見えない袋に入れてゴミ箱の奥に隠すように捨てた。

「食事会が終わったらすぐ、病院に行こう」

食事会の前日、二人でベッドに入ってから、神門が言った。発情期のセックスから、一か月が経とうとしている。

「うん。でも、俺一人で行けるよ」

暗闇《くらやみ》の中、なるべく何でもないように言った。

「心配だから俺も行く」

「仕事が忙しいのに」

ただでさえ明日、急な用事をねじ込まれたのだ。抵抗すると、隣でため息が聞こえた。

神門がごろりと寝返りを打ち、士貴を抱きしめる。士貴も体勢を変え、神門に抱きついた。

この一か月、セックスをしていない。性的な触れ合いすらほとんどなかった。

それが、士貴の身体を気遣っているからか、それとも発情セックスがトラウマになっているのか、士貴にはわからなかった。

「仕事より大事なことだ。いいから付き添わせてくれ。どうせ気になって仕事にならない。一人で勝手に病院に行ったりするなよ」

「うん……」

神門の胸に頭をあずけ、小さく答えた。

目を閉じると、勉強部屋の書斎机が脳裏に浮かぶ。引き出しの中に、検査薬が一本、残っていた。

翌朝、目覚ましが鳴る前に自然に目が覚めた。神門はまだ寝ている。

士貴はそっと抜け出し、書斎机の中の検査薬を取り出して、トイレで使った。

それから目立たないように検査薬を捨て、何事もなかったかのようにシャワーを浴びた。

コーヒーを淹《い》れ、軽い朝食の支度をする。

神門は、目覚ましが鳴ってきっかり五分後に起きてきた。食卓に朝食が並んでいるのを見て、大袈裟に眉を引き上げる。

「朝からサービスがいいな」

士貴も同じように、大袈裟に肩をすくめて見せた。

「ご多忙の社長さんを振り回すから、これくらいしないと。……なんて、ただ落ち着かないだけなんだ。何しろ今日は一家全員、揃い踏みだから」

一家が揃って、また祖父や両親が何を言い出すかわからない。能天気な姉も空気を読まないので、油断はならなかった。

「気が重くて胃が痛い」

わざと顔をしかめると、神門は笑って士貴の手を握ってくれた。

「約束は昼だけだ。すぐ終わるさ。あとは何を言われても、理由をつけて離脱しよう。それから夜は、二人でゆっくり食事をする」

どうだ？　というように、笑みを含んだ優しい眼差しが問いかける。胸がきゅうっと引き絞られるように、切なくなった。

「うん。ありがとう」

実は……と、そのまま言葉を続けるか迷った。

あのさ、神門さん。実はね、神門さん。

迷って結局、言いたいことは言えなかった。今日、無事に食事会が終わったら、後でゆっくり神門に報告すればいい。

勇気が出ないのを、そんなふうに言い訳する。

食事を終えて身支度をすると、タクシーで横浜のみなとみらいに向かった。

祖父母を入れた家族は皆、前日からホテルに泊まっている。レストランで落ち合うことになっていたので、ホテルに着くと直接そちらに向かった。

今日は姉と、母も一緒だ。姉はともかく、まだ士貴の婚約に不満げな母が何を言い出すか、今から気が重かった。

そんな士貴の内心に気づいてか、店へ向かう途中も何かと神門は声をかけてくれた。

「噂《うわさ》の姫が、士貴とどれくらい似てるのか気になるな」

「そっくりって言う人もいるし、あまり似てないって人もいる。二卵性だから、普通の姉弟くらいじゃないかな」

神門が姉を、姫と呼ぶのにモヤモヤする。何気なくそんなことを考え、自分の狭量さに気づいてびっくりした。

「母が失礼なこと言ったら、ごめんね。まあ、祖父も父もたいがい失礼なんだけど」

前の食事会でも、孫や息子の婚約者に対して失礼なことを言っていた。いさめても聞かない。母はさらに空気を読まないので、不安しかない。

そうこうしているうちに、レストランに着く。家族は先に来ていて、スタッフに個室へ案内された。

「おお、神門君。来たか」

祖父と父が、にこにこしながら神門を迎えた。士貴が空気なのはいつものことだ。祖母だけは、士貴にも声をかけてくれた。

母と姉は奥の席に座っており、祖父が仕切って神門に紹介をする。祖父もよくよく、神門を気に入ったらしい。

母はツンと澄ましつつ、神門を値踏みするように上から下まで眺めまわした。けれど、神門が不躾《ぶしつけ》な視線をものともせず、にこやかに恭《うやうや》しく挨拶をすると、まんざらでもなさそうだった。

「そしてこっちが、孫の舞花だ。美人だろう。我が家のお姫様だからな」

最後に祖父は、てらいもなく舞花をそんなふうに紹介した。

姉が姫の名にふさわしく優美に神門の前に立つ。

どういうわけか純白のワンピースを着ていて、上等なスーツを身につけた神門と並んで立つと、二人がカップルのようだった。

神門は一瞬、何かに驚いたように笑顔を消した。まじまじと舞花を見つめる。

舞花も神門に見惚《みと》れたのか、頬を上気させ、わずかに潤んだ眼差しを向けていた。

二人は見つめ合い、神門が先に元に戻った。にっこりとよそ行きの笑顔を浮かべる。

「ええ。お姉さんも美しい。若公家は美形揃いですね」

舞花は神門の微笑みに嬉しそうに頬を染め、手を差し出した。手の甲へキスを許す、という意味だ。普通の日本人ならギョッとする仕草だし、何の芝居だと思うところだが、姉は天然だった。

神門はやはりにっこり笑い、反対の手を差し出して握手する。姉は不満そうだったが、士貴はホッとした。

きっと神門が我を忘れたのは、ほんの一瞬のことだったのだろう。他の家族は、特別に訝《いぶか》しく思うことはなかったようだ。祖父が、いそいそと神門に席を勧めている。

しかし、士貴は気になって仕方がなかった。

神門は何に驚いたのだろう。いつも余裕を崩さない彼が、ここ一番という場で笑顔を消すほど、舞花の中に何を見たのか。

嫌な予感がした。そしてその予感は当たっていて、速やかに現実のものとなった。

全員が着席し、乾杯のシャンパンが注がれた頃だった。

「舞ちゃん？　あなた、どうしたの」

舞花の隣に座っていた祖母が、訝しげな声を上げた。家族の視線が、一斉《いっせい》に舞花に集まる。

姉は顔を真っ赤にしながらうつむき、ブルブルと震えていた。鼻先に甘い香りを嗅いだような気がした時、隣にいる神門がシャンパングラスを取り落とした。

「……っ」

スーツの袖で口元を押さえ、乱暴に席を立つ。彼の顔も真っ赤だった。

「神門さん！」

舞花が発情している。神門はそのフェロモンに当てられているのだ。

家族も気づいて舞花に駆け寄った。母の「舞ちゃん！」と悲痛な声が聞こえる。

「ヒート？　でも、周期じゃないでしょ。どうして？」

オロオロする母に、祖母が横から「抑制剤は」と声をかける。みんな姉にかかりきりで、神門の変化など気に留めていないようだった。

「神門さん、外に」

ふらつく神門を支え、個室のドアへと促す。

「ああ。あの時と同じ、すごい量のフェロモンだ」

あの時とは、ミヤのことだ。士貴は心臓がバクバクと激しく打ち付けるのを感じた。

なぜかと、今は考えたくない。とにかく、神門を避難させることに注力した。

神門の腕を引いて個室から出る。できるだけ遠ざかろうと、店の出入り口を目指した。

異変に気づいたスタッフが駆け寄ってくる。士貴は事情を説明し、とにかく店の外へと急いだ。

「神門さん……」

隣で苦しそうに息をする神門に、ごめんと言いそうになって、口をつぐむ。

どうして神門ばかりがこんな目に遭うのだろう。士貴に関わったばかりに。

自分は疫病神かもしれない。そのことに気づいて、士貴は泣きたくなった。

今回は幸い、応急処置が早かったため、大事には至らなかった。

神門は常に携帯しているアルファ用の緊急抑制剤を打ったし、舞花も同様の緊急抑制剤を持っていたので、どちらも病院に運び込まれる事態は避けられた。

舞花は家族の手でホテルの自分の部屋に運ばれ、士貴もホテルのフロントにわけを話して部屋を用意してもらい、そちらに神門を連れて行った。

抑制剤を打ち、ベッドに横になって三十分ほど経つと、神門は目に見えて良くなった。

ベッドの傍らで心配する士貴に、優しく微笑む。

「もう大丈夫だから、そんな顔するな」

自分がどんな顔をしているのかわからない。きっと、ひどく情けない顔だろう。

「でも、一か月のうちに二度もだ。ごめん」

「どっちも、お前のせいじゃない。それより、お前の姉さんは大丈夫なのか」

姉の話が出てきて、どきりとした。

「姉も緊急抑制剤を持ってるはずだから、たぶん大丈夫。ちょっと、様子を見に行ってみる」

「ああ。それがいい。俺のことは気にするな。もう何ともないから」

本人に背中を押され、士貴は神門のそばを離れた。祖母の携帯に電話をして、舞花の容態を尋《たず》ねる。

抑制剤が効いてもう心配ないと言われ、ホッとした。念のため、部屋番号を聞いて姉を見舞う。士貴が行くと、姉と母のツインルームに家族全員が揃っていた。

「伊王野さんは大丈夫なの？」

士貴を出迎えた祖母が尋ねた。こちらも大丈夫だと言うと、家族も揃って安堵の表情を見せる。

「急に身体が熱くなって、びっくりしちゃった」

舞花はベッドに寝かされていたが、抑制剤が効いてすっかり良くなっているようだった。

ほんの少しバツが悪そうに笑っている。

「びっくりしちゃった、じゃないわよ。お医者さんに行かなくていいの。周期じゃないのにヒートになるなんて、どこか悪いんじゃない」

母がそれでもまだ気がかりそうにしている。士貴は再び、心臓がうるさく脈打つのを感じた。

「姉さん。ほんとに、周期じゃなかったの」

「違うよ。私、昔から周期は一定だもの。それに、周期は関係ないよ。お医者さんもいらない。ヒートの理由はわかってるから」

珍しく、きっぱりと姉が言った。それから、うっとりと天井を見つめる。

「伊王野さん……神門さん？　一目見た瞬間にわかったの。あの人が運命の番なんだって」

その場にくずおれそうになった。心臓が痛いくらい高鳴り、吐き気さえする。

「運命の番？　お前、それはお話の中のことだろ」

父が困惑気味に言い、母が「そうでもないわよ」と反論する。

「運命の番は、科学的に証明されてるんだから」

説があるというだけで、証明されたわけではないのだが、母が断定すると父も祖父母も、そうなのか、という顔になる。

ここで、フェロモンの相性だと士貴が説明したところで、誰も聞いてはくれないだろう。

「神門君が、舞花の運命の番か」

何かを検討するような顔で、祖父が腕を組む。

やめてくれ、と士貴は心の中で叫んだ。それ以上、誰も何も言わないでくれ。

「うん。さっき初めて会ってびっくりしたけど、神門さんも驚いてたね。たぶん、彼も感じてたんだと思う」

舞花の声は、はしゃいだように聞こえた。

「あら、じゃあ。舞ちゃんが伊王野さんと結婚すればいいじゃない」

母が妙案を思いついた顔をする。

「伊王野さんなら、舞ちゃんの相手としては申し分ないわ」

祖父と父が「そうだな」と納得するので、士貴は愕然《がくぜん》とした。

「ちょっと、待ってくださいよ。彼は俺の婚約者だ」

全員が士貴を振り向いた。祖母を除く彼らは、何を言ってるんだと訝しげな顔で士貴を見ていた。祖母だけが、ハラハラと気がかりそうに士貴と他の家族とを見比べている。

「運命の番というのは、恋人より強い結びつきなのよ。せっかく舞ちゃんの相手がみつかったのに」

「それに、神門君に婿《むこ》に入ってもらえば我が家も安泰だしな」

母が言い、祖父が応じる。祖父と父は運命の番に半信半疑ながら、お気に入りの神門を舞花の婿に迎え入れたい思いなのだろう。

「勝手なことを言わないでください」

怒りに震えそうになるのを抑えて、士貴は声を上げた。

「神門さんは俺の婚約者だし、婿に入るの入らないのって、本人のいないところで勝手に決めることじゃない。人を何だと思ってるんですか」

「子供が生意気を言うな！」

祖父がすぐさま恫喝《どうかつ》した。士貴の話の内容ではなく、士貴が意見するのを怒っているのだ。

だが、ここでわかりました、などと言うわけにはいかなかった。

「生意気？　子供も大人も関係ない。人として、ごく当たり前のことを言ってるんです」

祖父に逆らったのは、初めてだった。家族の誰に対しても唯々諾々《いいだくだく》と従ってきた士貴が、初めて反抗するのに、この場の一同は驚いたようだった。

祖父も一瞬怯み、そんな自分に腹が立ったのか、さらに青筋を立てて何か言おうと口を開く。父が「まあまあ」と間に割って入った。

「士貴も落ち着きなさい。もちろん、神門君の意志も確認するさ。本人が嫌だと言うのに、結婚できるわけがない。だがとにかく今は、舞花と神門君の身体を考えないと。抑制剤が効いたばかりなんだ。今日は解散しよう」

そう言われて、士貴は渋々ながら矛を収めた。本当はここで、うやむやにしたくはない。でも、舞花の身体が本調子ではないのはその通りだし、神門の様子も気がかりだ。

「ごめんね、しーちゃん」

ベッドの中から、舞花が目を潤ませて言う。いいよ、とは言えない。黙っていると、ごめんね、ともう一度言われた。

「でも、あの人が舞花の運命の相手なの。しーちゃんには悪いと思うけど、一目見た時から好き。自分ではどうしようもないんだ。あの人も、同じように思ってる。舞花にはわかるの。だって、運命の番ってそういうものだから」

巫女《みこ》の宣託のように、舞花は決然と告げた。いつもの儚《はかな》げな風貌《ふうぼう》は消え、わずかに潤んだその瞳は自信に溢れていた。

士貴は返す言葉が見つからず、ただ姉を見る。姉は駄目押しとばかりに口を開いた。

「しーちゃんも、自分の運命の相手に会えばわかるよ」

結局、士貴はそれ以上は何も言えず、姉の言葉から逃げるようにして部屋を去った。

神門のいる部屋に戻ると、彼は少し微睡《まどろ》んでいたらしい。もったりとまぶたを開いて、入ってきた士貴に首を向けた。

「どうだった」

「えっ」

士貴は一瞬、何を聞かれたのかわからず固まった。

「お姉さんの容態だ」

「あ、ああ。緊急抑制剤が効いて、もう何ともないみたいだった」

「何かあったのか」

「うん。いや……身体、だるいの?」

神門の動きが緩慢なのを見て、尋ねる。少し、と神門は答えた。

「だるいというか、眠いな。抑制剤が効いてるせいだ。問題ない」

それから、士貴を見る。先ほどの質問の答えを待っているのだ。士貴は諦《あきら》めて、口にした。

こんな状態の神門に聞かせたくなかったが、言わずにいても神門は気になるだろう。それにどうせ、家族たちが黙っていない。それなら、士貴の口から先に伝えておくべきだ。

「姉が、周期じゃないのにヒートを起こしたのは、神門さんは自分の運命の相手だからだって言うんだ」

それを聞いた途端、神門は深くため息をついた。士貴ではなく、天井を見る。

「……ああ。あれが、そうか」

何気ないつぶやきに、胸が押しつぶされそうになる。

やはり神門には、士貴が伝える前からわかっていたのだ。舞花が自分の運命の相手だということを。

「そんな顔するな。運命の番というのは、フェロモンの相性だろう。お前は何も心配しなくていい」

けれど士貴の顔を見て、すぐさま安心させるように微笑む。士貴はかぶりを振った。神門なら、そう言うと思った。

神門は優しい。運命の番が見つかったからと言って、士貴をすぐさま捨てたりしない。

(でも……)

――一目見た時から好き。自分ではどうしようもないんだ。あの人も、同じように思ってる。

舞花の声が耳に残っている。ミヤも、一目見て鳴野に惹かれたと言っていた。あの遊び人のミヤが、鳴野の話をする時は初々《ういうい》しく貞淑な顔になった。

出会えばわかるのだと、舞花もミヤも言う。でも士貴にはわからない。運命の相手に出会ったことはないから。

「俺のことはいい。それより神門さんのことだよ。うちの家族がまた勝手に、神門さんを姉の婿にするとか言ってるんだ」

「あの人たちの言いそうなことだな」

神門が天井を見つめたまま苦笑する。士貴は「ごめん」と言うことしかできなかった。

「お前も被害者だろ。それなら、ここに長居は無用だ」

よっこらしょ、と冗談めかした掛け声をかけて、起き上がる。

「大丈夫？」

「ああ。もう治まった。さっさと帰ってゆっくりしよう」

ここにいたら、また家族から何か言われないとも限らない。二人は部屋を出ると、速やかにチェックアウトを済ませ、タクシーに乗って帰路に就いた。

帰宅して、神門が眠そうなのでそのまま寝かせた。昼食を食いはぐれてしまったが、士貴も食欲がわかない。

それどころか、胃がムカムカした。吐き気というほどではないが、ずっと胸がつかえているような気がする。

気のせいか、先ほどのストレスのせいだと、士貴は自分に言い聞かせた。

夕方になると神門が起きてきて、夕食はケータリングを頼んだ。士貴の気に入りの店で、神門が頼んだのは普段、士貴が好んで食べる物ばかりだった。

細かな士貴の好みを神門が覚えていてくれたのが嬉しくて、取り分けられたものはぜんぶ食べた。

いつもと変わったところがないよう、細心の注意を払った。だから、食欲がないことは気づかれなかったと思う。

食事の後、トイレに入って食べたものをすべて吐いてしまった。

(これは、たぶん違う。あの時期には、まだ早いはず)

吐き気が止まらない中、自分に必死に言い聞かせた。

この一か月、ネットでいろいろ調べた。つわりは妊娠五週目からが一般的と、どのサイトにも書いてあったのに。

(だから、違う)

これは一種の、自己暗示にかかっているのだ。

今朝、自分の身体に何が起こっているのか知ってしまったから。

一か月前、発情中の性交で、士貴は神門の子供を身籠《みごも》っていた。

その夜、士貴はずっと考え続けた。

隣では神門が眠っている。昼の出来事で疲れているということで、二人はいつもより早くに就寝した。

士貴は口実だったが、神門は本当に疲れていたのだろう。抑制剤の副作用も残っていたのかもしれない。ベッドに入るとすぐ、安らかな寝息を立てはじめた。

「明日は無理だから……明後日《あさって》か明々後日《しあさって》になるか。病院に行こう。予定を空けておいてくれ」

寝る前に、神門はそれだけ言った。士貴も素直にうなずいた。

自分でも驚くくらい、自然に振る舞えた。もうその時には、覚悟は決まっていたのかもしれない。

神門が眠り、一人で薄暗い部屋を見回す。遮光カーテンの隙間が、ぼんやりと明るい。都心の真ん中にあるこのマンションは、夜でもカーテンがなければかなり明るいのだ。

一人になると、気持ちが落ち着いた。まだ不安はあったが、この先のことを考えようと思いながら、もう半分ほど結論は決まっていた。

これからどうするか。どうするのが一番いいのか。

士貴は神門を愛していて、何よりも彼の幸せを願っている。

この数か月、自分は本当に幸せだった。彼のおかげで大切にされる喜び、人を愛することを知った。だから同じように、神門にも幸せになってほしい。

もし姉のことがなければ、士貴はこれからの人生を賭して、彼を幸せにする努力をしただろう。

でも神門は、舞花に出会ってしまった。

アルファとオメガ。運命の番は、出会った瞬間から惹かれ合う。それがおとぎ話ではないことを、ミヤと鳴野が証明した。

舞花はすでに神門に恋をしている。神門はこれから、どんどん舞花に惹かれていくだろう。でも士貴がいたら、神門は士貴を放り出すことはできない。自分の心を抑えて士貴との婚約を続け、若公家も説き伏せて、やがて結婚するだろう。

運命の番と出会った今、士貴の存在が神門の幸せの邪魔をする。彼の人生を狂わせる。

それなら、自分が身を引くべきだろう。考えるまでもなく、答えは決まっていた。

実家には帰らない。帰れないし、帰りたくない。

士貴は薄闇の中、そっと自分の腹に手を乗せた。神門との子供が、この中にいる。

妊娠を知ったら、神門は責任を感じて絶対に婚約を解消しないだろう。家族には何かひどい言葉を投げつけられるに決まっている。その時、自分が冷静でいられる自信はない。

それにたとえ聞こえていなくても、腹の中の子供に聞かせたくなかった。

堕胎するという選択肢は最初からなかった。これは、この子だけは誰にも取り上げられたくない。自分の最後の希望だ。この存在があるから、士貴は絶望することなく次のステップへ踏み出すことができる。

神門のマンションを出て、実家に帰らず、一人で子供を産んで育てる。

それが、士貴が出した答えだった。

翌朝、いつものように神門が仕事に出かけるのを見送った。

「実家から何か言ってきても、取り合うなよ」

神門は出かけるまでに何度もそう念を押したけれど、士貴はそのたびに大丈夫だよ、と笑って答えた。

神門が出かけてすぐ、士貴は行動に取り掛かった。食事会の前後はバイトを入れていなかったので、今日一日は自由に動ける。

まずは最低限の荷物をまとめる。マンションを出て、最寄りのレンタカー会社で車を借りた。朝起きてすぐ、ネットの当日予約でレンタカーを手配しておいたのだ。

マンションに戻ってまとめた荷物を運び込むと、実家に向かった。

最低限の荷物以外は、すべて神門のマンションに置いてきた。もともとさほどの量ではなかったし、増えた衣服は神門から買ってもらったものだ。

婚約指輪も、書き置きの手紙と一緒にダイニングテーブルに置いてきた。

実家に戻るとコンサートの予定をキャンセルした母と姉がいたが、挨拶もそこそこに自分の部屋に向かい、必要なものを引っ張り出した。スーツケース、祖父母や父から生前贈与された預金の通帳と印鑑、ブランド品のスーツや時計、バッグも残らず車に運び込む。

「朝からバタバタと、何してるのよ、もう。舞ちゃんはまだ気分が悪くて寝てるのに」

「金目の物を売るんです」

切って捨てるように、素っ気なく士貴は返す。母が目を丸くしていた。

「売るって、あなた。何考えてるの。それ、お義父様《とう》に買っていただいた入学祝いじゃない。一生物なのよ。いくらすると思って」

「知ってますが、俺にはもう必要ないので。俺がもらったんだから、どうしようと勝手でしょう」

士貴がやはり冷たく突き放すと、母は「どうしちゃったの？」とつぶやいた。士貴はふっと苦笑する。

自分のものだから、どうしようと勝手。今までだったら、そんな言葉は出てこなかった。家族から譲り受けたものは、自分のものであって自分のものでない。この身体さえも。育ててもらった恩、今までにかかった養育費、そんな義理に雁字搦《がんじがら》めになっていた。

でも、そんなものは関係ない。彼らから離れようとして初めて、士貴は自分が、家族に対して何の愛情も持ち合わせていないことに気がついた。

ずっと、彼らからの愛がほしかった。どんなに渇望しても無駄なのだと、この年になるまで気づかなかった。

神門に出会って知ったのだ。愛情とは、媚びて与えられるものではないのだと。

金品は与えてもらった。贅沢《ぜいたく》もした。でもそれは、彼らが士貴を愛していたから与えたのではない。手放しても惜しくなかった、あるいは士貴に与えることで自分たちにも何がしかの利益があったからだ。

だから今、これはぜんぶ自分のものだ。どうするのも勝手だと宣言して、何ら良心の呵《か》責《しゃく》を覚えない。彼らに対して、恩も義理も感じない。

「俺の部屋に残ったものは、適当に捨ててください」

ブツブツ文句を言っている母に、それだけ告げた。呆気に取られている彼女を置いて、家を出る。馴染みのお手伝いさんが心配して玄関先まで追いかけてきて、彼女には心から今までの礼と別れの挨拶を告げた。

もう二度と、この家には戻らない。車に乗り込む際、生まれ育った家を振り返ったが、何も感じなかった。

母に別れを告げなかったのは、そうしたら父に連絡が行くと思ったからだ。そうしなくてもすでに、母は父に電話をしているかもしれないが、永遠に家を出るなどと言ったら、神門にも連絡が入るかもしれない。

まだもう少し、時間が必要だった。

実家を出るとすぐブランド買取店へ行き、実家から持ち出したものを買い取ってもらう。

ようだ。

開店直後にやってきて、大量の高額商品を持ち込んだ士貴を見て、店員は訳ありと判断した
多少、買い叩かれたものの、それでも思っていた以上の現金が手に入った。

不要なものをすべて売り、荷物はスーツケースだけになる。それをJR駅のロッカーに預け、レンタカーを返して、今度は会社にいる父に会いに行った。

やはり母から連絡があり、愚痴《ぐち》をこぼされたようだ。応接室で待たされた後、現れた父に開口一番「何を考えてるんだ、お前は」と、小言を食らわされた。

「家を出るんで、荷物の整理をしたまでです。もう、実家には戻らないので」

「はあ？　何を言ってる」

苛立った声を上げる父を制し、言葉を続けた。時間がない。神門に気づかれる前に、できるだけ遠くへ行きたい。

「神門さんとの婚約を破棄します。昨日、あなた方が言ったじゃないですか」

「えっ？　あ……ああ。そうだが」

「神門さんは情のある人なので、自分から俺を捨てたりしません。昨日も、運命の番について説明しましたが、俺との婚約を継続すると言っていました。なので、俺が身を引こうと思います。近くにいると神門さんがいつまでも気を遣うので、思い切って東京を離れることにしたんです。しばらく、傷心旅行であちこち巡ろうと思います。帰りはいつになるかわかり

ませんが、旅行が終わっても実家には戻りません。一人暮らしをしようと思います」

淀《よど》みなく早口に、相手に口を挟む隙を与えることなく畳みかけた。母と同様、父も面食らったように士貴を見つめていた。

「書き置きは残しておきましたが、俺が急にいなくなったら神門さんは心配すると思うんです。若公家にも連絡が行くと思いますが、心配ない、捜す必要はないと伝えてください」

父と話し合うためにここに来たのではない。士貴がいなくなった後、神門が当然するであろう行動に備え、父に伝達係を頼むためだった。

「それくらいは、頼めますよね？」

「それは……だが、しかし」

今までにない息子の言動に、本気だと悟ったのだろう。優柔不断に返事を濁すので、苛立って冷たい笑みを浮かべた。

「神門さんと交際を始めてから、本当に大事にしてもらいました。婚約者で、恋人だったんです。もちろん身体の関係もありました。若公家では一度も幸せだと感じたことはありませんが、彼と出会って初めて、幸せだと思ったんです。それを、運命の番だから姉に譲れと家族がこぞって言う。譲って当然だと言うから、その通りにしたんだ。これ以上、何一つあなた方から非難されるいわれはない」

一方的に言って、席を立つ。父はまだ、驚いたように士貴を見ていた。

「あ、今のセリフは、神門さんに伝える必要はありません。心配ない、捜す必要はないとだけ、伝えておいてください」

相手の言葉を待たずに応接室を出る。

これですべて終わった。携帯電話は実家に置いてきた。

神門が帰宅してダイニングテーブルに置かれた手紙と指輪を見たら、驚くだろう。

手紙には、できるだけ神門の憂いを払えるように、いろいろと書き残してきた。

まずは今までの感謝。神門といて楽しかった。でも恋情を抱くまでには至らなくて、だから今回、自分は身を引くのだと書いた。

しばらくあちこち旅行して、あわよくば自分も運命の番となるオメガを見つけたいと、冗談めかして付け加えた。

それから謝罪。たくさん迷惑をかけたし、突然いなくなって心配をかけるだろう。せっかく雇ってもらったアルバイトも途中で放り出すことになった。

最後にまた感謝を繰り返し、手紙を締めくくった。

言葉を尽くしたつもりだが、それでも神門には迷惑をかけてしまう。でも今後のことを考えたら、こうするしかなかった。

駅に戻り、ロッカーからスーツケースを取り出すと、その足で新幹線に乗った。

動き出す列車の窓を眺めながら、次に東京に戻るのはいつになるだろう、と考える。

何年か先か、あるいはもう、戻らないかもしれない。

神門の顔を思い出すと、ひりつくような痛みを覚えたが、どこかに清々《すがすが》しい自由を感じる気持ちもあった。

荷物はスーツケース一つだけ。お腹《なか》の子供と二人きり。

新しい人生の始まりに、軽い高揚すら感じていた。


父には傷心旅行であちこち巡ると言ったが、行く先は決めてあった。

東京から新幹線で大阪へ移動した士貴は、ビジネスホテルに数泊した後、今度はウィークリーマンションの空室を見つけて契約した。

レンタル式の携帯電話を契約し、住む場所を探す。保険証の申請にも、携帯電話の契約にも、仕事をするにも新しい住所が必要だ。

これから子供を産むために、一つのところに腰を落ち着けたほうがいい。そう判断して、士貴は転居先を大阪に決めた。

医療重視なら大都市の方がいいだろうという、単純な理由だ。あとは、都会の方が目立たずに生きていけるから。心配した神門が、士貴の行方《ゆくえ》を捜さないとも限らない。

書き置きには、妊娠について触れなかった。嘘を書くことも考えたが、動揺が言葉に現れそうで、結局触れることができなかったのだ。

マンスリーマンションに移ってすぐ、産科のある病院に行った。

妊娠初期、今のところ特に問題ないと言われ、その時は泣きたくなるほど安堵した。

しかし、健康保険証がないので、診察するだけでかなりの医療費がかかる。父の扶養の家族用保険証は家に置いてきた。

実家から持ち出した通帳には、相当な額の預金資産がある。すぐに生活に困るわけではないけれど、子供が生まれてからのことを考えて少しでも多く残しておきたかった。

そうした理由で、ウィークリーマンションに移るとすぐ、あちこちの不動産店を巡り始めた。

贅沢さえ言わなければ、すぐに部屋が見つかるだろうという士貴の予想に反し、物件探しは遅々として進まなかった。

まず、時期が悪かった。三月は移動の時期だ。単身者用の物件はすでにあらかた埋まっていた。誰にも手を付けられない残り物には、大抵理由がある。

その上、保証人もない二十歳《はたち》そこそこの無職、というのは、こちらの予想以上に不動産業者からいい顔をされなかった。貯金がある、と言っても信用してもらえない。

不動産店巡りをしてすぐ、士貴は自分の認識が甘かったことを思い知らされた。金があればなんとかなるなんて、お坊ちゃんの思考だった。

このまま大阪で物件を探すか、別の土地へ行くか。ウィークリーマンションは次の予約がいっぱいで、延長ができない。大阪に残るならビジネスホテルに戻るしかない。

そうしているうちに、大阪に着いた当初は治まっていた吐き気が、ひどくなってぶり返してきた。さらに昼から強い倦怠感《けんたい》や眠さに見舞われて、物件探しもままならない。

病院に駆け込んだら、つわりだと言われた。妊娠初期は無理をしないようにと言われ、歩き回るのが怖くなってしまった。

それから数日は日がな一日、ウィークリーマンションの硬いベッドの上で、何をするでもなくぐったり横たわっていた。

甘かった。東京を出た時は高揚さえしていたのに、浮かれていた自分がひどく愚かしく思える。父親に啖呵《たんか》を切って、一人前になった気がしていた。お腹の子がいれば、何でもできると思っていた。

（ちゃんと生まれるのかな）

まだ薄い腹をさすって、不安になる。そもそも、無事に生まれる保証などどこにもないのだ。生まれたとしても、百パーセント健康である保証もない。

そう考えると、どんどん不安は増していった。わずかな腹の疼痛《とうつう》にさえ怯えてしまう。

落ち込んで、いつも思い浮かぶのは神門の顔だ。神門に会いたい。

でももう、会えない。彼は士貴を捜しているだろうか。それとももう、舞花と婚約を済ませただろうか。邪魔者がいなくなって、これ幸いに。

「違う」

卑屈な思いを、士貴は必死に打ち消した。神門はそんなふうには考えない。

それに、これは自分が選んだ道だ。舞花と、運命の番と対峙《たいじ》して神門を奪い合うのが怖かった。勝ち目のない戦いに挑むのを恐れ、自分から身を引いた。神門が欲しいと口にするのさえ怖かった。これ以上、傷つきたくなかった。

だからいつか、神門と舞花が結ばれたことをどこかで知ったとして、神門を恨むのは筋違いだ。それだけはしたくない。

神門には大事にされる喜びを、愛を教えてもらった。子供ももらった。もう、じゅうぶんに与えてもらった。

今は、子供が無事に生まれることだけを考えよう。

ぐるぐると考え続け、一周回って浮上した。つわりは相変わらずだが、無理をしなければなんとかなる。

数日部屋にこもった後、士貴はまた大阪での物件探しを始めた。

大阪に限らず、近県でもいいかもしれない。今まで、拠点のウィークリーマンションがある心斎橋《しんさいばし》を中心に、都心部の大型不動産店を回っていた。全国展開する不動産店のほうが、保証人にうるさくなく物件数も豊富だと思ったのだ。

今日からはやり方を変えることにして、地元密着型の不動産店を回ることにした。南へ足を延ばし、住吉《すみよし》へ向かう。

住吉大社という大きな神社があるというので、そちらを目指してみた。理由はなく、なんとなくだ。

(どうせすぐには見つからないんだから、観光もいいかもな)

それどころではないと思っていたが、それくらい呑気《のんき》な気持ちでいたほうがいいのかもしれない。

住吉大社駅で下車し、大阪の中心部とはまったく趣《おもむ》きの異なる街並みを眺めながら、そんなことを思った。

不動産店巡りの前に、お参りでもしてみようか。そう考えて、駅から神社へ続く道を真っすぐ歩き始める。

けれどそれから間もなく、モヤモヤとした吐き気に見舞われた。電車に乗っている時は何ともなかったのに、降りた途端にこれだ。

吐き気はひどいものではなく、神社に行けば休む場所が見つかるだろうと、そのまま歩き続けたが、鳥居前の通りに差し掛かったところで、今度は眩暈がした。

頭と手の先から血が引いていく感覚があり、目の前が暗くなる。

「危ない」

と、近くにいた誰かが言った。視界が元に戻り、目の前を路面電車が通り過ぎていくのが見えた。

平衡感覚がなくなり、まともに立っていられない。

（なんだ、これ）

初めて覚える感覚だった。ふらふらと左右に身体が揺れ、足がもつれる。

倒れる、と思った時、

「士貴！」

声がした。叫ぶような鋭い声に、はっと顔を上げる。通りの対岸の少し離れた場所に車が停《と》まっていて、その脇に長身の男が立っていた。

一瞬、夢でも見ているのかと思った。呆然とする士貴に男……神門はまた、「士貴！」と叫ぶ。まるで犯人を追うような恐ろしい形相で、こちらに向かって走ってくる。

道を走る車や自転車を縫うようにして通りを渡り、神門はあっという間に士貴の目の前に立っていた。強く腕を掴まれる。

「やっと……見つけた」

視界が不明瞭《ふめいりょう》になり、抱き締められているのだと気づく。

「神門さん……」

——本物だ。

そう気づいた途端、手足から力が抜けた。視界が真っ暗になる。神門の腕の中に崩れ落ちる感覚だけがあった。

「士貴！」

最後に神門の悲痛な声を聞いて、意識は途切れた。


貧血だろうと、医者には言われた。

目が覚めると病院らしいベッドに寝かされていて、傍らには神門がいた。

住吉大社前で倒れた後、すぐさま近くの病院に搬送されたらしい。目が覚めて検査をしたが、胎児も含め異常はなく、その場で退院を言い渡された。

それまでずっと、士貴の横には神門がぴったりと張り付いていた。トイレに離れようとすると、どこに行くのかと聞かれる。絶対に逃がすまいという気迫を感じた。

どうしてここにいるのか、なぜ士貴の居場所がわかったのか、わからないことだらけだったが、神門は何も言わなかったし、士貴も尋ねる勇気がなかった。

病院の会計は神門が精算してくれて、士貴は促されるまま神門とタクシーに乗り、京橋近

くにあるホテルに連れて行かれた。

病院で目を覚ました直後、神門の周りには、見知らぬ数人の男女がいたように思うのだが、彼らはいつの間にかいなくなっていた。

ホテルに着くまで、二人はほとんど口をきかなかった。何を話していいかわからなかったし、神門も、寒くないか、気分は、腹は減っていないかなど、士貴の様子を尋ねるだけだ。

ホテルの部屋に着くとまず、神門はソファに士貴を座らせた。喉は渇いていないかとか、毛布はいるかと過剰なくらい士貴の世話を焼く。

「コーヒー……は、よくないんだったな。水にするか。冷水は大丈夫なのか」

病院の診察を受ける際、神門の前で医者に妊娠していることは伝えたが、神門は驚いていなかった。それより前から士貴の妊娠を知っているようだった。

士貴はソファに座ってミネラルウォーターの入ったコップを受け取り、神門は少し離れた場所に立ったまま口を開いた。

「ミヤ……宮井だったか？　彼と、渋谷がひどく心配していた」

士貴は黙ってうなずく。この場にふさわしい言葉が、見つからなかったのだ。

士貴がいなくなって、神門がミヤや渋谷に連絡することはわかっていた。彼らに一言伝えて出て行こうとも考えたが、家のことに巻き込むようでためらわれた。

彼らは何も知らないほうがいいと思ったのだが、結局心配させてしまった。

「ごめんなさい」

小さく謝ったが、それに対する返事は何もなかった。おずおずと相手を見る。神門は別の場所を見つめていた。

何かを見ているのではなく、感情を抑えるためにわざと士貴から視線を外しているように見えた。怒っているのか。当然だと、士貴は嘆息する。

「迷惑かけてごめん。あの、舞花は？」

「彼女は……若公家は関係ない」

低く唸るように言う。

「お前の家族だから、関係性を大切にしていたんだ。お前がもう実家に戻らないと言うなら、俺にも関わりがない」

「でも」

運命の番は？　神門の気持ちが見えない。

「そっちに座っていいか」

神門は言って、士貴の隣を指した。どうぞ、困惑しながらもうなずく。ソファは大人三人ほどがゆったり座れるサイズだ。しかし、神門は士貴にぴったりとくっつくようにして、すぐ隣に座った。

「抱きしめてもいいか」

続いて、神門が尋ねる。同棲を始めた頃を思い出し、不意に感情が溢れた。

「だめだ」

士貴は涙が込み上げるのを振り払うように、首を横に振った。

「だめだ。今、抱きしめられたら……耐えられない」

今、彼に触れられたら、次に引き離された時にもう、耐えられない。

「耐えなくていい」

神門の声と共に、強く抱きしめられていた。

「もう、何も耐えなくていいんだ。自分の気持ちを大切にしてくれ」

低い声と嗅ぎ慣れた彼の匂いに、心に掛けていた留め金が外れた。士貴も神門にしがみつく。涙と嗚咽がこぼれた。

「会いたかった……会いたかった！」

「俺もだ。もう逃がさないからな」

「でも、舞花が……運命の番がいるのに」

やっと聞きたいことが聞けた。自分の気持ちを大切にしてくれ、という神門の言葉が、士貴を解き放つ。

「運命？　知るか。俺が惚《ほ》れてるのはお前だ」

ずっしりと伸《の》し掛かっていたその言葉を、神門はばっさりと斬って捨てた。続く言葉に士貴は驚く。

「……俺？」

聞き間違いかと思った。神門が、自分に惚れている？

「信じられないか？」

「だって、そんなこと一度だって言わなかったじゃないか」

理性を失ったあの時でさえ、好きの一言もくれなかった。だから婚約は、ただの契約だと思っていたのに。

「お前が俺に惚れてることを、俺も知らなかったからな。知らないというか、確信が持てなかった」

でも今はわかっている。そんな口調だ。神門はもう、何もかもわかっている。でも士貴にはわからないことだらけだ。

「お前の気持ちを手に入れるまでは、契約ってことにしておこうと思ってた。俺なりに、お前の逃げ道を作ったつもりだったんだ。最初に卑怯《ひきょう》な手で婚約に持ち込んだから、後悔してたんだよ」

酔わせて、抱こうとした。ほんの興味本位、士貴の内側を暴いてやろうという、いささかいじの悪い気持ちで。

士貴はすっかり忘れていたけれど、神門はずっと気にしていたのか。

「いくら出来が良くて大人びていても、お前はまだ成人したての学生だ。一夜の過ちで人生が決まるのはあんまりだろ。だから、お前が行きたい道が決まった時、逃がしてやれるように、逃げ道を用意したつもりだったんだ」

失敗だった、とでも言うように、神門は小さく苦笑する。

「いや、これは言い訳だな。怖かったんだよ」

「怖い？」

「ああ。お前の気を向かせようと足掻《あが》いて必死になって、それでも手に入らなかった時に傷つくのが怖かった」

そこまで、神門は士貴を思ってくれていたのか。意外で、不思議にさえ感じた。

顔を上げてぼんやりしていたらしい。こちらを見てクスッと笑った。

「そんな不思議そうな顔をするなよ。俺はお前よりうんと年上だが、思ってるほど大人じゃないし、できた人間でもない。それどころか、お前を酔わせて抱こうとするような、利己的な男だぞ」

「でも、その後はずっと優しかった」

大切にして、士貴の居場所を作ってくれた。

「お前だからだ。惚れていて、振り向かせたい相手だったたから。いいか、俺はお前が思ってるよりずっと身勝手な男だ。お前だから大切にした。ここまで追いかけてきたのも、お前を愛してるからだ。同情だとか義務だとか、そんなものじゃない」

そう告げた神門は真っすぐに、自分の気持ちを士貴の心に響かせようと、真剣にこちらを見据えている。愛している、というその言葉は、だから光がガラスを突き抜けるように士貴の心に届いた。

神門は本当に真剣に、自分を想ってくれている。

「あなたは、姉を好きになったと思ってた。運命の番は、出会った瞬間にわかるんだろ。ミヤたちだって……」

「正面に立った時、確かにフェロモンの匂いはしたな。性的欲求を刺激する匂いだ。ヒートのオメガでもないのに。そんなことは初めてだったから、驚いた。あと弟が結婚するっていうのに、花嫁みたいに純白のワンピースを着てたから面食らった。それだけだ。お前の行方を捜すために若公家に行って、無理やりお姫様に引き合わされたが、大してお前に似てないし、惹かれるところはなかったな」

士貴の眼差しを、神門は揺らぐことなく見つめ返す。その表情や瞳から、嘘やまやかしは感じられない。

「お前の友達だって、相手にセクシャルな魅力を感じたかもしれないが、それだけで無条件に恋人になったんじゃないだろう。そこに至るまでに色々あったはずだ」

そうなのだろうか。恋をして変わった友人を見て、運命の番というものにこだわりを持ってしまったのか。

「お前の姉は、俺の運命の相手じゃない。これは断言できる。一目見て惹かれる感覚を、俺は知ってるからな」

思いもよらない言葉が降ってきて、思わず身を硬くした。そんな士貴を、神門は優しく抱きしめてくれる。

「実際会う以前から気になってた。メールを受け取った時から。どんな奴か見てみようと会ってみて、さらに興味が湧いた。十も年下の男なのに、なぜか気になって仕方がなかった。ちょっかいをかけて、汚い手まで使って手元に置いて、気づいたら本気になっていたよ。運命の相手っていうのは、そういうことだろう」

優しく微笑む神門の顔が、涙でぼやけた。それは、士貴のことだ。

「俺、アルファなのに」

「そうだ。だから運命の番じゃない。けど、運命の赤い糸で結ばれてるのかもな」

カッコつけて言う神門に、士貴は「ふはっ」と笑ってしまった。

「キザ」

笑ったおかげで気持ちが落ち着いた。士貴は涙を拭《ぬぐ》い、顔を上げてはっきりと神門に向き直る。

「俺も、あなたを愛してる」

「ああ」

神門に驚きはなく、ただとろけるような喜びの笑みがこぼれた。再び強く抱きしめられる。

「知ってたの」

士貴が神門を愛していること、それに子供がいることも。

「お前の気持ちは、お前が消えて確信した。俺のためじゃなきゃ、こんなふうに突然、何もかも放り出していなくなったりしない。お前は自分のことより、他人に迷惑をかけることを心配するだろう。お前が消えたのは俺のために、そうする必要があったからだ。すぐ病院に行くと言っておいたのに、結果がわかるまえにいなくなった。先に結果を知っていたんだと思ったよ」

そうだろう？　と、目顔で問いかける。士貴はうなずいて、神門の胸に顔をうずめた。

神門は、こんなにも士貴を理解してくれる。今まで神門を信じきれず、一人で遠くへ逃げてしまった。でも、もう間違えない。

「神門さん、ごめん。一人で決めて、逃げ出してごめん」

「お前はあの時、一人で決めざるを得なかったんだ。わかってる。でももう、これきりにしてくれ。どうか何も言わずに消えないでくれ」

絞り出すような声に、神門がどれほど自分を心配していたのか理解した。

「愛してる、士貴」

「うん。俺も」

神門の胸に顔をうずめたまま、士貴は返す。

「結婚してくれ」

その声に、弾《はじ》かれたように神門を見た。

「お前と一緒に、子供を育てたい。結婚してくれ」

また、視界が滲んだ。涙がこぼれるのも構わず、士貴は微笑んだ。

「はい」

神門の顔が近づいてくる。もう、キスをしてもいいか、とは聞かれなかった。

二人は互いの存在を確かめ合うように、しっかりと抱き合い、長い口づけを交わした。


「伊王野神門、若公士貴」

祭壇で名前を呼ぶのは、神門の友人でもある、会社の役員だ。

教会式ではないのだが、打ち合せでは「牧師役」と、仮に呼ばれていた。

その牧師役の声に、神門と士貴は揃って「はい」と返事をする。何だか恥ずかしくていたたまれないのだが、忙しい中、この場に集まってくれた人たちのことを思うと、そんなことも言っていられない。

牧師役は、「え〜っと」などとつぶやきながら、手元のカンペを広げる。

「病める時も健やかなる時も、富める時も貧しき時も、互いを愛し敬い、慈《いつく》しむことを誓いますか」

士貴は神門を見た。神門もこちらを見て微笑む。真っ白なタキシードが、憎らしいくらい似合っている。士貴は見惚《みと》れそうになって、慌てて気を引き締めた。

「誓います」

「誓います」

二人で答えると、牧師役が指輪の載ったリングピローを差し出す。神門と士貴で選んだ、結婚指輪だ。

最初に神門が士貴の指に指輪をはめ、次に士貴が神門の指にはめた。むくんだりして、すんなりはまらなかったらどうしよう、などと気を揉《も》んでいたが、どちらの指にもぴったりと指輪ははまった。

ホッとして、二人で微笑み合う。ここで牧師役が「誓いのキスを」と言う段取りだったが、それを聞く前に、キスをしていた。

参列席から、一斉に拍手が沸き起こる。ヒューッと冷やかしのような口笛が飛ぶのもおりこみ済みだ。

「これで二人は、生涯の伴侶となりました」

牧師役が宣言し、神門と士貴は参列者の拍手に見送られ、退場する。

参列者は神門の友人である役員たち、士貴もお世話になった秘書課の人々、彼らのパートナー、それにミヤと鳴野、渋谷の姿もあった。

最初は、結婚式は二人きりでひっそりやろうか、とも言っていた。

でも、周りには大いに迷惑をかけたり、お世話になったりしたので、せめてそうした人たちだけでも呼ぼうという話になり、都内の小さなチャペルで人前式を開いた。

列席者は結構な数になったが、こうして親しい人たちの祝福を受けると、気恥ずかしい思いと同時に、やはりみんなに来てもらって良かったなと思う。

「身体、つらくないか」

控室に下がって、列席者がチャペルの外に出るのを待ちながら、神門がそっと士貴を窺う。

「ぜんぜん。いつもより快調なくらいだ」

士貴は微笑んで、指輪のはまった神門の左手に手を絡めた。体調は万全で、この日のために誂《あつら》えたタキシードは、気にしていた体形の変化を上手に隠してくれている。

「いい男だな。さっきから何度も見惚れそうになった」

神門が急にそんなことを言って頰を撫でるから、士貴は赤くなった。

「そっちこそ……」

見惚れそうになったのはこっちだ、と言おうとして我に返る。黙りこむと、神門がニヤニヤ笑った。

「なんだよ。惚れ直しそうになったって？」

「うるさいな。ちょっと……抱きつくなったら。胸の花が折れるだろ」

ベタベタと抱きついてくる神門に、内心で嬉しく思いつつ身をよじる。花が折れるのもあるし、いつ呼ばれるかわからないのに。

そうこうしているうちに、チャペルのスタッフがやってきて、イチャイチャしているところを見られてしまった。

気まずい士貴と、相変わらずニヤニヤしている神門に、それぞれブーケが渡される。スタッフに促され、チャペルの外へと向かう。

スタッフがドアを開けた途端、明るい陽射《ひざ》しが二人を迎える。六月にもかかわらず、朝からよく晴れていた。

神門が腕を差し出して、士貴はそれを取る。つと見つめ合い、互いに笑顔がこぼれた。

「じゃ、行くか」

「うん」

二人が姿を現すと、みんなが拍手で迎えてくれる。フラワーシャワーが目の前で撒かれ、神門と士貴は揃って一歩を踏み出した。

病める時も健やかなる時も、これからはずっと神門が一緒だ。二人は本当の家族になった。神門と士貴、それに子供の三人。お互いの肉親はもういないけれど、こうして祝福してくれる友人たちがいるから、悲しくはない。

大阪から東京に戻った後、士貴は神門と、それから数人の弁護士に伴われ、両親に面会した。神門と結婚することの報告、それから若公家と縁を切ると宣言するためだ。

相続も放棄し、生前贈与された財産も祖父母と両親に返した。もう士貴一人ではないし、すっぱりと縁を切るためにそうしたかったのだ。

「お前の気持ちをまったく考えず、追い詰めてしまった。すまなかった」

顔を合わせてすぐ、父が頭を下げたので、士貴は驚いた。

士貴の失踪中、両親は神門から、妊娠の可能性を聞かされたらしい。息子が子供のことを誰にも告げることができず消えたと知って、自分たちのこれまでの言動を顧みたのだろう。

「お前も舞花も私の子供だ。だが、何かと不自由な舞花が憐《あわ》れで、お前のことは小さい頃からおざなりにしてしまったと思う。許せとは言わない。ただ、謝らせてくれ」

そう言った父は、明らかに態度が違っていた。父に促されて母も頭を下げたが、士貴はただうなずくことしかできなかった。

神門のこと、運命の番のこと、今までの屈託も含めて、すぐに水に流すことはできない。

でもそれでいいのだと、神門が言ってくれた。両親に面会する前のことだ。

面会に臨むにあたって、家族から謝罪を受けるかもしれないが、許せないなら許さなくていい、と。

神門からそう言われて、いいのだろうかと、士貴は迷った。悪かった、許してくれと家族に言われたら、たとえ気持ちに折り合いはつかなくても、波風を立てないためにうなずいてしまいそうだった。

家族と絶縁するなんて、やりすぎかもしれない、という迷いもある。

虐待されていたわけではない。少なくとも、お金はじゅうぶんにかけてもらった。なのにこんなふうに大事にするのは、ただの我がままなのかもしれない。

そんな士貴の葛藤《かっとう》も、神門はわかっていたのだろう。士貴の気持ちを否定することなく、ただ真摯《しんし》に問いかけた。

「もし他人から同じことをされたら。お前は相手にごめんと言われて、すぐきれいに水に流せるか？」

少し考えて、できないと思った。それを伝えると、神門は「うん」と、神妙な顔でうなずいた。

「できないよな。俺がお前でも、許せないと思う。他人でも家族でも同じことだ。他人にされたら許せないことをされて、でも肉親だから許さなきゃならないなんて、おかしな話だろ。それは育ててもらった恩とは、別のものじゃないかな」

許さなくていい。いつか、もういいやと思える時が来るかもしれないし、一生許せないかもしれない。でもそれでいい。決して士貴の我がままではないのだ。

神門とそんな話をしていたから、士貴は冷静に両親と対することができた。

父の謝罪は受け入れたが、許すとは言わず、弁護士と共に淡々と話を進めた。

祖父母や姉とは会わなかった。今後も士貴の気持ちが折り合わない限り、会うことはないだろう。

父が協力的だったので、相続放棄などの手続きはスムーズに進んだ。

今後、子供が生まれても実家に知らせるつもりはないし、子供の顔を見せることもない。彼らとは関わることなく生きていく。

祖父には自分から伝えておく、と父が言ってくれた。祖母も協力してくれるそうだ。後は知らない。母も姉も、もう士貴には関わりのないことだ。

神門のおかげで、そう思いきることができた。

偏執的な実家の思考も、それに捕らわれていた自分もすべて捨てて、これからは新しい自分が神門の手を取り、共に生きていく。

どうやって自分の行き先を割り出したのか、東京に戻ってから神門に聞いた。

神門は、あらゆる手を駆使したらしい。士貴の書き置きを見た後すぐ、ミヤや渋谷に行方を尋ね、父から最後の足取りを聞いた。

人を使ってレンタカー会社を訪ね回り、東京を出てからの足取りは、かなり強引な人脈と金を使って、鉄道駅の監視カメラから割り出した。

人捜しのための探偵を雇い、各県警にも助力を仰ぎ、驚くほど大掛かりな人海戦術で、士貴の行方を追っていたそうだ。

大阪の中央区付近で士貴の目撃情報が見つかり、虱潰《しらみつぶ》しに捜索した結果、捜査員の一人が士貴を見つけた。

士貴は気づかなかったが、住吉へ向かったあの時、捜査員の一人に尾行されていたという。

士貴が大阪にいるらしいと聞いて、数日前から大阪にいた神門に捜査員が連絡を取り、士貴のもとへ駆けつけた。それが、大阪で神門と出会った顚末《てんまつ》である。

「もし人海戦術で見つけられなかったら、懸賞金をかけようと思ってたんだ」

目撃情報に懸賞をかけ、全国に士貴の顔写真付きで呼びかけるつもりだったと聞いて、あの時、神門に見つかって良かったと胸を撫で下ろした。

同時に、そこまで神門が執着してくれていたのが嬉しい。

性別も、運命の番も関係ない。士貴は神門を想い、神門は士貴を想う。それがすべてだと、今は胸を張って言える。

大学には今も通っている。変化する身体を抱えて通学するのは大変かもしれないが、渋谷を始め、友人たちも協力すると言ってくれた。教授たちにも話をして、できるだけ普通に、大学最後の一年を送るつもりだった。

大学を無事に卒業できたら、しばらくは育児に専念するつもりだ。神門と話し合い、最終的に士貴が決めた。

子供をベビーシッターに預け、来年の新卒から働くことも可能だ。悩んだけれど、士貴は自分が、そこまで仕事のキャリアにこだわっていないと気づいた。

それならば、子育てに専念したい。その後のことはまた、その時に考えればいい。

かつての自分だったら、こんなふうには考えられなかっただろう。経済的に不自由がなくても、アルファとして周囲の期待に応えられるよう、必死になっていたと思う。

今ようやく、自分に正直に生きられるようになった。

「……士貴。寝てるのか？」

バスタブの中、神門の腕に抱かれて微睡んでいると、優しく揺さぶられた。

「ん、ん……」

小さく呻いて、もったりと首を起こす。

「疲れたか」

甘い表情で覗き込まれ、きゅうっと胸が切なくなるのは、いつものことだ。

結婚式の後、二人は自宅に戻った。本来なら、ここで新婚旅行といきたいところだが、士貴の身体がまだ万全ではない。

子供が生まれてからゆっくり行こう、ということで、今回は仲間内だけの人前式を終えてすぐ、家に戻ってきたのだ。

汗を掻《か》いたので、まだ明るいうちから風呂に入り、湯船に浸かっているうちに寝てしまったらしい。乳白色のとろりとしたお湯はちょうどいい温《ぬる》さで、ほんのり花の香りがする。

「気持ちよくて、寝てた」

士貴は身体を捻ると、向かい合わせになった神門の胸に頬を擂《す》り寄せた。

「気持ちいい」

うっとりと、神門に抱きつく。彼に甘えるのはまだ、照れ臭さが先立つが、寝起きでぼんやりしているのと、今日が特別な日だからだ。

しかし、いつものように甘やかしてくれると思っていた神門が、深いため息をついたので、内心で慌てた。

「ごめん」

「お前なあ」

離れようとする士貴を、神門が呆れたように言って抱きしめる。苦しいくらいギュッとされた。

「人の忍耐力を試しやがって」

「何、あ……」

身じろぎすると、性器が触れ合う。神門のそこは硬く兆《きざ》していた。

士貴が戻ってから今日まで、性的な触れ合いを持つことはほとんどなかった。士貴もしばらくは身体が思うようではなかったし、神門は士貴を心配して手を出してこなかったのだ。

他にも、若公家と縁を切るための手続きや、結婚式の準備などで忙しく、二人で風呂に入るのも、士貴が東京に戻ってから初めてのことである。

「……する?」

したいな、と思った。上目遣いに窺うと、神門はぐっと息を詰める。

「身体に障るだろ」

「もう大丈夫だよ。激しくしなければ、セックスしてもいいって」

式の前日、受診した医師から聞いた。

「でも、ここじゃない方がいいかな」

お湯が白濁しているので安心していたが、以前とは体形が違う。裸をまじまじと見られるのは恥ずかしい。それに、神門が萎えるかもしれないし。

そんなことを瞬時に考えたのだが、神門は押しつぶしたような低い声で、「ここじゃ、だめか？」と尋ねた。

縋るような目が、士貴を見つめている。肩が上下して、呼吸が浅かった。硬く張り詰めた性器が士貴の腹に触れる。

「すまん。手を出していいんだってわかったら……」

それ以上は言葉にならない、というように、声は途切れた。それを聞いた士貴も、身体の芯が甘く疼く。

「うん。俺もしたい」

口にした途端、荒々しくキスをされた。

「士貴」

唇から首筋、胸元へと、せわしなくキスが繰り返される。こんなに余裕のない神門は初めてで、それだけ我慢をさせていたのだと、切なくなった。

「あ……っ」

神門の手が尻に伸びてきて、後ろの窄まりに触れられる。つぷりと指を二本潜り込ませると、入り口をやんわりと押し広げる。

「痛いか？」

士貴は神門にしがみつきながら、ふるりと首を横に振った。あの時、発情に身を任せて貫かれた感覚を思い出してしまう。

そこに神門を受け入れるのは久しぶりだ。でもほしい。今すぐ。発情してもいないのに、あの熱を思い出した途端、うずうずとそこが落ち着かなくなる。

「うねってる。けど、まだ狭いな」

「平気。大丈夫だ。だから……」

腰を浮かせ、神門の性器を自らあわいに擦りつける。神門は低く呻いた後、士貴の乳首を軽く嚙んだ。

「あっ」

腰を抱かれ、雁首《かりくび》がゆっくりと窄まりを押し開いて入ってくる。士貴も尻を落として雄を迎えた。

「ん、んっ……」

先端を飲み込んだ後は、長く太い陰茎を難なく迎え入れる。根元まで入った時、二人は同時にため息を吐《つ》いた。

互いに顔を見合わせて笑う。キスを交わしながら、神門が下から穿ち始める。しかし、その動きは戯れのように穏やかでゆっくりだった。

「ん……気持ちいい」

緩慢な動きなのに、久しぶりの接合のせいか、わずかな刺激でも震えるほど感じてしまう。自分だけかと思ったが、神門もひくりと喉を震わせ、何度も息をついていた。

「だめだな。すぐイキそうだ」

「俺も。何だか、すごく感じやすいんだ」

久しぶりだから、もっと長く楽しみたいのに、気を緩めるとすぐに達してしまいそうだった。動きを止めたままでも、中に神門がいるのを感じるだけで極まってしまう。今までのセックスとは違っていた。

「愛し合ってるからだろうな」

真顔で言われて、士貴は思わず笑顔がこぼれた。

「神門さんて、意外とロマンチストだよな」

クスクス笑いながら言うと、神門は不貞腐《ふてくさ》れたようにこちらを睨む。

「悪いか」

「いや、大好き」

士貴に埋め込まれた欲望が、わかりやすく動いた。神門は不本意そうに士貴を睨み、それでもキスをする。

「俺も、お前の無邪気に男を煽《あお》るところが好きだぞ」

「バカ……っ、あ、待っ……」

腰を揺すられ、士貴はたまらず相手にしがみついた。

「や、そんなに……だめ……あっ」

緩く突き上げられ、同時に前を擦られる。もう耐えられなかった。

「あ、あっ」

神門の首に抱きついて、射精する。後ろを締めると、神門が呻いて士貴を抱き返した。

二人で強く抱き合ったまま、絶頂を味わう。

神門の言う通りかもしれないと、余韻に浸りながら士貴は思った。

心を通わせた相手とのセックスは、終わっても虚《むな》しくならない。不安もなく、ただ満たされている。

「愛してる、士貴。俺と家族になってくれて、ありがとう」

やがて、甘やかなキスと共に神門が言った。士貴も微笑んで、神門にキスを返す。

「俺も、ありがとう。愛してる。これから、末永くよろしく」

幾久しく、これからいろいろなことがあっても、共に生きていく。

「ああ。死が二人を分かつまで、な」

キザっぽく神門が笑い、士貴の手を握る。二人のリングが、かちりと触れ合った。

あとがき

こんにちは、初めまして。小中大豆と申します。

今回はオメガバースを書きました。ルチルさんでは初めてになります。

結婚ぽいもの、王と王子、というざっくりしたコンセプトからスタートし、最終的にこういうお話になりました。

攻だと思ってたのにもっと強い攻に食われて受になる、という自分的大好物だったので、楽しく書かせていただきました。

攻が超お金持ち設定だったので、もっとこう……ヘリから舞い降りたり、札風呂入ったり、夜景を見ながらブランデーグラスを揺らしたりしたかったのですが、わりと地味目なお金持ちになりました。

たぶん、攻も受も堅実なので、あまり無駄遣いしないのではないかと。

イラストは三廼先生にご担当いただきました。

キャラクターデザインの段階で、受の士貴についてＴＬのヒーローのような攻感、とご提案いただいて、正に私の期待していた感じだったので、はしゃいでしまいました。攻も受もカッコよくて幸せです。

三廼先生、ありがとうございました。

担当さんも、毎度毎度、いつもいつも、ご苦労をおかけして申し訳ありません。

そして最後になりましたが、ここまでお付き合いくださいました読者様、ありがとうございました。

富豪なわりに行動は地味目なカップルですが、王が王子を可愛がる様を楽しんでいただけたら幸いです。

それではまた、どこかでお会いできますように。

小中大豆

✦初出　王と王子の甘くないα婚……………書き下ろし

小中大豆先生、三廼先生へのお便り、本作品に関するご意見、ご感想などは
〒151-0051 東京都渋谷区千駄ヶ谷 4-9-7
幻冬舎コミックス　ルチル文庫「王と王子の甘くないα婚」係まで。

幻冬舎ルチル文庫

王と王子の甘くないα婚

2021年6月20日　第1刷発行

✦著者　小中大豆　こなか だいず

✦発行人　石原正康

✦発行元　株式会社 幻冬舎コミックス
〒151-0051 東京都渋谷区千駄ヶ谷 4-9-7
電話 03(5411)6431[編集]

✦発売元　株式会社 幻冬舎
〒151-0051 東京都渋谷区千駄ヶ谷 4-9-7
電話 03(5411)6222[営業]
振替 00120-8-767643

✦印刷・製本所　中央精版印刷株式会社

✦検印廃止

ISBN978-4-344-84878-8　C0193　Printed in Japan